浪食記

王恺

著

北京大学出版社

目录

自序 像推销员一样吃 9

第一回 **游蜀地识得菜中滋味**
下江南辨出点心高低 17

四川乡村菜里的温柔 19

贵阳饮食札记 29

很台很台的日本料理 41

台式小情歌 51

四方游食：从杭州到越南 59

在江南的早晨吃一顿饱暖的早餐 67

景德镇的乡村米其林 72

没有传奇的上海老派餐馆 82

替代不了的缠绵 88

寻找一种可能性的茶食 95

第二回　　**情切切寒夜饮酒方知醉**
　　　　　　意绵绵异域吃粉才得魂 ……… 103

　　北京温暖了流浪异乡人的胃 ……… 105

　　深夜街头，且将人生一饮而尽 ……… 113

　　红灯区附近的饮食 ……… 120

　　如何在 Pho 里解决人生困惑 ……… 129

　　包菜、花生酱及偷情 ……… 136

　　暗黑微沉的北地甜蜜 ……… 143

　　上海饮食的陈旧语言 ……… 149

　　进入黑夜的漫长旅程 ……… 155

第三回　　**寻路歧途肉海翻出真意**
　　　　　　探明根器酒盏做下虚情 ……… 161

　追寻羊肉的美 ……… 163

　去韩国吃生蚝 ……… 169

　顺路找些蘑菇吃 ……… 177

　鸡杂受宠记 ……… 183

　面之南北相 ……… 191

　配白酒的菜 ……… 197

动物头颅的吃法种种 204

让人心满意足的青春期烤串 215

一碗牛肉拉面中的恋恋风尘 221

在旅游景点吃到美好的食物 227

第四回 至爱亲朋叠就故里情怀
浮花浪蕊铺陈异地文章 233

那些年,我面过的月饼君们 235

不吃猫的理由 241

文人谈吃,及其性情 247

张爱玲的乡愁邂逅乾隆皇帝的菜单 257

两个跑堂的对决 262

测试一家餐馆的尊严底线 268

一种至爱亲朋才能吃到的美味 274

一个人食 280

跋 怒目金刚的热吃冷说 287

自序　像推销员一样吃

之前若干年，因为工作原因，身为一个记者，我常常像推销员一样在各地奔波，并且独自吃饭。在大城市独自吃饭，在今天的中国不再是问题，可如果是在过于小的县城，我还是非常失措——不知道如何应对被拒门外的情况。

有次在安徽寿县，大概是采访完什么社会新闻，独自逛了过去。完全不认识当地人，纯粹在那个有着完整城墙的小县城瞎转悠，看到了清代建筑结构的清真寺，看到了灰色街道上一群群下象棋的人，简直是格兰特·伍德的画，虽沮丧，也没失陷于绝境。

没有餐馆容留我一个人吃饭。这么缺乏游客的城市，外来者，要么有当地人作陪，要么有亲戚接待，很少一个人在街头觅食——吃是重大的事情，尤其在中国，讲究仪式、场面和礼仪，在县城一个人吃饭，就该灰头土脸吃碗面，或者几只包子了事。可我偏偏馋，不肯将就，最后坐在一家餐馆临时给我的脏桌子旁，叫了一个毛豆米小公鸡，红烧得油汪汪的，外加几道配菜，一个人叫的菜的数量多过了旁边的几桌应酬场面，可还是受歧视。他家厨房沿街，高大肥胖的厨子出于好奇心，不时瞪向我，也不说话，不修边幅的粗莽。

还有次是在高邮，做完新闻采访后，顺路去小城游荡，吃了汪曾祺老人家故居旁边的饺面，犹嫌不足，坚决去一家食客兴旺的酒楼吃饭。这家几乎没有小桌，全是大圆台面，我坚定不移地挤了进去并且占据一桌，在说服与讨好中商定了菜肴，几乎拍桌子才没被赶走。记得要了六个菜：鸭血豆腐、酒醉青虾、大煮干丝、清蒸小鳜鱼——这鱼明显小于一般的鱼，难为老板娘怎么找出来，价格与别桌一样——还有咸蛋黄南瓜，外加一道青菜。酣畅淋漓地吃起来，老板娘是个四十多岁的时髦妇女，瘦俏机灵，看我点得豪迈，每上一道菜都鼓励式地说，多吃啊。

《儒林外史》里马二先生游西湖，也是独自吃饭，看了很多菜，都吃不太起，最后还是草草了事。吴敬梓把他写得特别狼狈，但因为他精神上的强悍，别人看不上他，他亦看不上那些团头团脸的太太，所以还好，还很体面地端坐在那里吃着。我一个人在中国大地上各个角落吃饭的时候，虽不至于像马二先生一样落魄，也经常吃得狼狈，还是归因为中国餐馆里人们堂而皇之的好奇心：此人从何而来？为何独自吃饭？何以独自吃饭，还闹腾腾要一桌子饭菜，有酒有肉？

我自己也解释不了。只能归结为馋。

真的馋。即使是去采访水灾的途中，也能找一家驰名当地的兔肉火锅店，看雪白的兔肉片在红汤里沉浮；去找小学生涉嫌卖淫案的主角，请他们一大家子吃饭，适逢云南的雨季，在那个风月区一家混乱的餐馆，硬性点了几个菌子菜，主要是满足自己的口腹之欲。

我大概格外重视每顿饭的性格，有条件的时候，几乎从不将就。

也许是成长的年代缺乏好吃的，造成我们对食物的敏感。七十年代的中国尚未从物资匮乏中苏醒过来，很多东西还是凭票供应。印象深刻的是深夜排队买肉的场景。我家当时在湖北宜昌，是当地的外来户，没有庞大的家族，也没有湖北人民天生的悍勇之气，买到一点肉，全家都有股秘密的喜悦，全靠我母亲半夜两点排队的果敢，简直是原始部落里分肉场景的重现——让我心理性地觉得需要各种饱足。

馋，重要的是有章法。中国社会自晚清以降，逐渐贫穷下来，造成民国到共和国阶段写吃的文人，多数是回忆小吃，而不是大菜，包括偶然参与繁华胜景的朱家溍、唐鲁孙等人，也不可避免地如此。即使是宫廷饮食，也没那么多奇技淫巧，反倒是扎实的白肉，用蘸满了酱油的纸张裹着，听起来就有几分北国风光。

清宫的菜单，看起来名目繁多，但细细研究，也就是《红楼梦》里连丫鬟们都嫌弃的"肥鸡大鸭子"。最近看一本书，说美国人清末去初开埠地广东，吃到的菜肴都是鼻涕状黏糊糊的东西，一方面是吃不惯，另一方面，估计也是当时的烹饪吓人，各种野生动物、古怪的鱼、稀烂到看不出原形的禽类。在一个持久不懈重视吃的区域，食物的缺点与北方菜正相反：太过奇技淫巧。

说起来，古人因为交通的问题，倒真未必比现代人有更多品味的机会。想象一个当代推销员的生活：假设他是推销汽车，负责整个大中华区域的，他需要从东北到海南，再到西北、西南，横扫中国各地，住的也许只是连锁的希尔顿，但吃一定会多样、繁杂，尽可能地好，因为要对付客户，也要对付自己内部不断升腾而出的欲望。

我就有他这样的机会。

我吃过峨眉山脚下破败小店的老面馒头，吃过汕头顶级潮菜大师的青橄榄炖花胶，吃过雨季云南偏僻的小机场门口的小店不知名的菌子，吃过洛阳那些肮脏的游客店里水嗒嗒异常腻歪的水席——我在各地无目的地游走，看各种灯光下食客们或厌倦或饱足的脸，吃下各种精心或随意烹饪的蛋白质、碳水化合物。我越来越没有吃的章法，也许，只是没有简陋的章法。

我吃得豪迈、广阔、精心，但也不乏随性——既没像有的人专吃上了各类点评网头条的美食店，也没像有的人去到县城还只吃肯德基。不慌张不惶恐不贪婪，一家家地游走着吃着，以至于到了后来，吃下一家餐馆的第一口菜，就能立刻明白这家餐厅的段位，他家的厨师舍不舍得买好的原料，做菜的手笔、烹调的过程有没有耐心，烹饪习惯来自师徒传承还是简陋的烹饪学校。

我成了一个非常好的食客，会在最不起眼的街道上找到美好的那家餐馆——可是从来不打算写一本美食指南。

所以，不要期望这是一本可以指导你寻找美食的手册，它更像一本食物的浪游记，在食物的江湖里游走打滚，是一种短暂的沉迷，能让人抵抗外界的烦忧。

吃的书籍有几种：菜谱食单式的，学习袁枚；旅行指南式的，学习米其林餐单；还有就是吃的文化散文，有文化地谈吃。最后那种多是老饕。我明白我在老饕的道路上狂奔着，但又不甘于此，我还是想做一个无目的的漫游者，在吃的王国里，看到食物的新鲜之外，还能看到食客的众生相，以及餐馆外的天边那一朵云。

简单地说，这是一本吃的剪影，是在吃的乐趣里面找到一点吃外的乐趣。感谢我的游走生涯，能够比一般人吃得多，看得更多。吃得太多太好，有时也会惶惑：我是谁？我怎么可以吃到这么多好东西？会不会有一天突发疾患，再也吃不了好东西？这种思考法则显然来自《聊斋志异》里的很多传说，人的一饮一食，皆有定数，过之不祥。

这两年有意识地压缩自己吃的指标，也是有这种想法在背后作祟。

很多人看过我在曾经供职的杂志上的文章。迄今为止，还有人对我说，你是那本杂志里写吃写得最出色的。知道我要出一本食物的书，以为是杂志文章的结集，其实不是。杂志文章多是工作需要，基本都严肃刻板，需要大量信息。我的性格显然更随性，这里收集的文章，多数是给自己的微信公众号写的，也有些约稿，不过都是随着我性子来的约稿，可以由乡下小店的一碗馄饨谈到小镇畸人，再谈到安妮·普露小说里的杀人狂，完全不受约束地行走在吃的江湖里。

  我喜欢这些文章，因为它们也是我这几年状态的一个纪念。食色自古以来就是人类的老生常谈，色因为涉及过多，不能常说，但是食可以常谈常新。我谈谈说说，也是和想象中的你对话，希望你听得开心，知道我的来时路，一条漫长、琐屑、厚实的来时路——至少是吃了一个厚实的身板，算工伤。

王恺

2017 年 6 月

第一回

游蜀地识得菜中滋味
下江南辨出点心高低

香莲碧水动风凉,水动风凉夏日长。

长日夏,碧莲香,有那莺莺小姐她唤红娘。

说红娘啊,闷坐兰房嫌寂寞,何不消愁解闷进园坊。

——《莺莺操琴》

四川乡村菜里的温柔

顺长江而下,冲出峡江之口,就是广阔的中下游,四川的土特产一向是长江中下游人民的恩物。小时候在湖北长大,最喜欢一种塑料袋包装的"灯影牛肉干",其实和一般的牛肉干也没什么两样,厚重夯实的一块。那时候这种零食都很稀有,只能一丝丝小心翼翼地享受着,一块能消磨一段时光,是一种平实的快感。

也不是不怀疑的,这种牛肉干,虽然不厚,可哪里能透过它看到灯光的影子?

也许,真的就是传说,传说往往是变形的。毕竟透过牛肉能看到灯影还是一个小概率事件,何况是干的牛肉。

等吃到真正的灯影牛肉,才发现,现实比想象更有震撼力。在四川达州,还保留了几家罐头厂,做专门的灯影牛肉。朋友去了带回来,铁皮罐头——完全不可能是塑料袋包装——里面有大量的油，油浸着脆而薄的牛肉片，撒上芝麻和花椒末，简直是一种古迹般的存在。从油里捞出来脆薄而闪亮的一片，也不用透过它看灯影了，它本身就是光芒四射的。

光牛肉的腌制就要六个小时，只选这几种牛肉：和尚头、白板、红板、佛座子——近乎黑话的系统，其实就是一点筋都不能有，用新竹子烤制，完全不沾生水。

整一个罐头，只有寥寥可数的几片，每片都让人产生巨大的满足。吃完了，剩下的油还有半罐，做凉拌菜加一点，瞬间提升菜的境界，据说里面多香料。这几家工厂，在经济最困难的情况下也没有关门，生产特供食品，也算保留一门绝技。

关于吃的绝技，中国人一向骄矜，其实也经常断代。吃是一门复杂的学问，上一代的巅峰，下一代未必会喜欢。这种灯影牛肉，认真研究起来，也就是光绪年间一个叫刘仲贵的人的制造物。

这道绝技最后的口感是又甜又辣，最关键的，是一点储存在喉头的香味积淀。虽然辣，一点不呛喉咙，只觉得甜、香，一种川菜系统里的复合味道。后来在四川屡次吃到，慢慢有了辨别力，仿佛脑子里装载了储存味道的仪器，一旦有了，立刻能够识别。外地川菜，比如北京的，吹嘘得厉害，可吃起来，还是缺一点回味，就是空洞地辣。

夏天最热的时候，去到峨眉山。不从上山的路回程，而是从另一边下来。下边就是洪雅县的高庙古镇，选择了有集的一天——古老的仪式，带着人群的拥挤和期待，还留存在中国的乡镇上。可真去了未免失望，不过是现代的小镇，成片的贴马赛克的墙，落伍外面二十年的时髦。大概也无计可施，深山里并没有多少工业，距离最近的县城，也还要一个小时的车程。

因为残破，更增加了一份无聊，最热闹的每月的赶集日也不新鲜。人们卖菜，卖鸡蛋和用草绳拴着的俊俏的本地大公鸡。这种鸡，是制作原始鸡公煲的权威，前两天刚吃过一只，提前告诉餐馆老板几个人吃饭，让他决定杀一只多大的鸡飨客，做成非常简单的川地民间的半汤菜，鸡块剁开加豆瓣辣椒爆炒，然后加青花椒、二荆条辣椒、青笋片、土豆片等一切当季蔬菜，蔬菜可以反复添加，殊为美味。集市货品包括硕大雪白的兔子，被拎着耳朵，有种遥远的十九世纪英国书籍插画的感觉，目击瞬间的判断是，怎么忍心让这种生物下锅。

梅醬

三伏取梅搗爛。不見水。不加鹽。曬十日。去核及皮。加紫蘇。再曬十日。收貯。用時或鹽或糖。代醋亦精。

唯一出售的古意是镰刀,闪亮的,可割破手指,让人望而生畏。

这么一个小镇,没有孕育特殊的美味,却包含了四川固有的饮食体系:简朴的民间用料、大量的调味品和最扎实的做菜方法。在十字街口的早餐店挤着吃馒头——我就从没觉得馒头好吃过,可是看大家都几十个地买,于是也凑热闹,没想到,出乎意料的软烂甜香,简直是《红楼梦》里薛宝钗巴结贾母的菜的口感。甜不是因为加了糖,而是发酵过的老面的甜,自然而然,古老的做法就有这种效果。据说成都人也跑过来几十个几十个地买回去。又加了碗清汤抄手——地面脏得吓人,堆满了脏纸和污水,几乎让人无处下脚的紧张——那碗抄手像黑暗中开放的花朵一样被端到面前,白花瓣,红色的肉欲的心。

同桌的老头甚为古怪,穿着华丽的棉袄,宽袍大袖的,简直是乡村里的异端。突然心惊,是晚辈为他准备的寿服吧。乡村中总有这种异类,都在狭小的区域生存,同伴们都知根底,反倒不奇怪。餐厅老板娘正常地给他端上满满一碗红油抄手,想来也是常常见到。可见这家店真是乡村的名店，谁都来吃。

古镇格局小，又没有蓄意伪装的仿古景点，就是自然生活，没有什么可逛。镇上唯一的土产是散装白酒，据说老供销社的最好，不用打听怎么走，整个镇只有几百米的街道。供销社的散装酒价格低得惊人，可也没什么人买，实在是外来者太少。虽然算是土产。

我知道各种小酒厂的奥秘，作豪客状，直接说，拿你们最好的酒我看看。起身，售货员和我一起蹿进里屋，蓬着头的中年女人奋力推开报纸和层层叠叠的纸箱，在灰尘之中找到了一只肃穆的黑色坛子，十年陈的高粱，120元一斤，就剩半坛了。是武侠小说里才有的境遇，当然要买。女子少见外人，虽然经营的也是本镇名店，可是碰到大买卖还是惊奇了，害怕我临时变卦，絮叨着酒的好，补充说明，在四川遍地开花的浓香型白酒里，这是唯一的清香型白酒，"和你们北方的一样。"

北方？遥远的汾酒技术？古老的北方酿造术就落户在这么荒凉的峨眉山半山小镇上？完全不明白其间的传播路径。但是放了十年的清香型白酒，口感好于浓香，没有杂味，陈年过后只有清甜气息。有一年在意大利的一个古堡酒窖碰到了五十年左右的陈酿，用手去蘸渗出的液体，也有股子清香。当然，那是传奇，这是生活。

忙不迭地尝了一小杯，也甜。时间虽然久了，藏在这里的酒，并没有死亡。

人人皆以为四川辣，其实四川菜也重甜。各种甜，囊括菜肴和点心：甜烧白、莲子烧肉、醪糟蛋、奇怪的甜水面，甚至在小镇吃到的跷脚牛肉也甜。

跷脚牛肉这道来源不可考的菜，和许多著名川菜一样起源于民间，比如夫妻肺片、水煮鱼，并不能准确说出发明者。这道菜在峨眉山附近甚多，其实就是大锅煮牛肉和牛杂，几乎不在汤里加料，用制作工序复杂的蘸水当调味品。吃完牛肉，在汤里煮莲花白——北方的圆白菜到了四川也变成娇媚的酒名。那牛肉也还罢了，脆硬的圆白菜也是蜜里调油地甜，让人几乎停不下筷子。配上古镇白酒，一喝，像在雨天的草地上走过，滑溜极了。

这就是最老实的土地给的口感。

也是古老巴蜀的本来味道。很多人一说到四川就夸张其麻辣，其实在明代及明代之前，也即美洲的辣椒还未漂洋过海来到四川之时，这里并没有凶猛的味觉体系。应该是重辛香，用花椒、姜和茱萸来增味，使整个口感变得丰富美好,但是辣,并不属于这里。直到清初,辣椒从沿海地区进入中国,一路沿长江逆流而上,缺少菜肴的贫瘠地区纷纷被攻陷,比如江西、湖北和湖南。四川原本不属于此列,可明末被张献忠屠城,十室九空,最富庶的成都平原也人烟稀少,整个饮食体系失魂落魄,复杂的饮食传统成了纸上文章。辣椒和盐一配合,成了下饭的伴侣,迅速霸占了当时四川的口腔。

还是时常有挣扎,成都平原地区的人们就不愿意承认辣椒的口感专属此处。老厨师经常强调川味的口感除了辣,还有咸鲜、甜咸、清汤和怪味等十多种味型,即使是辣,也包括复杂的湿辣、干辣、甜辣和香辣等,就像一道作文答题,非如此不能说明充分。但不管怎么说,似乎都改变不了外界的认识,于是也从了。近年的川菜越来越辣,尤其是成都等大城市,乡村倒是有些基本菜,还顽固地保留了古老的口感。

拿蒜泥白肉来说,四川大城市的蒜泥白肉都蘸红油,到了最偏远的宜宾李庄,那里是真蒜泥,略加红油,且有白糖,一种堆叠的口感。吃的是省级比赛第一名的何大师家,硕大的店招本来是"何师白肉",不过"省第一名"现在尽可能地霸占了整个招牌。这里是个已经失败的旅游景点，并没有多少外来者愿意来看抗战时期避难在此的大学生宿舍，包括娇弱的林徽因的住宅——她当年在这里得过肺病。没有人，所有的豪华店招就显得空洞。不远是江水，寒凉的绿，属于蜀地独有的颜色，有白居易的"蜀江水碧蜀山青"为其背书。

属于小镇的典型寂寞感，在空荡的街道上翻腾不已。

得奖主要是因为何师的刀功。整条的猪肉，煮得不太烂出锅，这家的师傅能将之切成一尺长的薄片，透亮，然后盘在案上，迅速入盘。简直是古老的武功炫耀，有种依稀的恐怖意味，要抵抗的唯一办法，就是迅速地吃。在外面也看过许多挂名"李庄白肉"的店，没有一家能片成如此。深山老林中的绝色，似乎也没有见天日的可能，太偏僻的小店了。蘸蒜泥白糖和红油的蘸水，越发地天然姿媚。

四川还有家甜点心，也是每去都要找机会吃。

文殊院是我总喜欢去的地方，庙宇大而无规划，厕所里布满黄色漫画，竹林里永远有麻将党，典型的川地古老寺院，并没有因为成都大变样而丧失了内在疏懒的气质。就在外面的小街上，有个洞子口张凉粉老店。服务员只显得疲惫，人多到川流不息，工作量加大无数倍,因此偷工减料,地面全是脏纸和塑料袋,同样让人觉得不想进入。可味道一点不改,甜水面还是他家的好吃。宽而硬的面条,配上大勺的白糖辣椒,少量的花椒芝麻和蒜末,糊涂的一碗。奇特的点心,没有来处,没有原因,没有故事,一味任性地甜了下去。周围全是急匆匆的游客,也不知道焦躁些什么,这面却是有年头地好吃且难看,吃完了总有种茫然的微笑浮现在脸上。

贵阳饮食札记

一

西南诸省,山高水长,物产虽丰富而多局限于本乡本土,尤以过去交通不便的贵州为甚,基本没有流遍全国的土产,除了老干妈辣酱之外,老干妈据说味精添加过多,本地人并不爱食用。

再就是酸汤鱼。第一次知道酸汤鱼,是和朋友去拜访北京长安街旁的马连良故居。马先生故居是幢精巧的四合院,长安街畔,周围已经拆得精光,独剩此一院落,位于全国政协大楼对面,应该不是为马先生而留存,未必会因为马连良而不拆。不知道怎么落在政府手里,又不知道怎么就卖起了酸汤鱼和花江狗肉,大约是某个有实力的贵州人干的?不过也亏得如此。

我们坐在四面绿廊柱的小院里吃鱼,四合院建筑我不懂，就知道柱子是绿的，上面有异常鲜艳的民间故事彩画，忸忸怩怩，十分俊雅，倒是像马先生的唱词。那时候也没吃过这东西，只觉得酸汤有异香，查资料方知是木姜子油的缘故。不知不觉，已是十年前的事情了。

虽在一个城市，也没有再去过那里，恍惚无声的电影般的场景。

并不知道什么是木姜子，汤里的木姜子也闻不到本味。先是喜爱，后才知道，是一股清新的柠檬草香，清凉的，乡野的，不登大雅之堂。

后来在单位旁边的餐馆吃酸汤，那家有个"胖跑堂"，和同事诸位打得火热，记得很多美貌女同事的名字。我们搬走了，餐馆还一直在，没有过往的兴旺之气，跑堂也落寞了不少。偶尔回去一次，就听他问，那谁怎么样了，还好吗？那谁呢？都是些好看的女生的名字。她们在离开这里之后，纷纷成家怀孕，也就他还惦记着。他家的酸汤鱼，吃起来很香，但直到去了贵州，方才知道，那香，是混沌的，乌糟糟一片，味觉不清晰，里面不知道多少添加物。

北京因为气候条件的缘故，发酵温度不够，北京城里的酸汤，只能靠添加醋和柠檬酸，难怪味觉混沌。每

醃柿子

秋柿半黃,每取百枚,鹽五六兩入缸醃下。入春取食,能解酒。

次吃完,都有难受的呕吐感,开始的时候,还怀疑自己是木姜子中毒。

这次在贵阳,看着酸汤鱼的制作过程,只觉得清新喜悦,像是苗族人的刺绣,一朵花、一片树叶,都明白地躺在花布上,一点不掩饰,赤裸而坦荡。给我们做酸汤鱼的,是个血统复杂的混合苗侗汉几族的老太太吴笃琴,为了需要,现在归宗苗族。人瘦而精明,有点汉族人的感觉,看得出年轻时的漂亮利索,开了无数家酸汤鱼店,遍及贵州主要城市。本来在她之前,酸汤鱼只是当地稻谷成熟季节,捕捉稻田鱼的节气庆祝菜肴,只在八月收获的季节食用,也是一道乡野菜肴,被她发扬光大,成了贵州菜的典型代表。

她迷信,也因为酸汤确实带给她很大的成就感,她酿制酸汤的酸房不允许外人进出,酸汤更不能送外人,哪怕是自己家的兄妹也不例外。按她的说法,送了外人,常常下一波就发酵不好,似乎酸汤是自己家的儿女,不愿意流落到别人家受委屈。用米浆做的白酸放在陶瓷缸里,她用大勺舀给我们喝,酸而甘,是米的发酵味儿,有点像清酒,完全没有外人以为的浓香——但这种酸汤,反倒是好的。

这是酸汤的基本原料，这种米酸汤，即使加上当地的野葱蒜、毛辣果和浓稠的木姜子油后，还是味道清晰而有层次，一点都没有混合在一起的浓酸味儿。觉得自己以前的酸汤鱼都白吃了——都是添加柠檬酸的结果。很多味觉系统的清晰化，其实没有奥秘，就是吃到。

就像建立一张味觉地图似的。

这种天然的酸汤，最好还不是煮鱼，而是煮青菜，煮多久，青菜也不会软烂，大白菜在里面还是脆生生的，更不用说本来就脆的萝卜和土豆，妙处难与君说。

酸汤的故乡凯里，还出产一种广菜，是疏松的菜梗，当地人喜欢切片放在酸汤里食用。没有吃出好来，但主人说特别珍贵。相比之下，还是这老太太的故事有意思，十九岁摆摊卖酸汤鱼，丈夫去世后，自己独立支撑家庭，带着孩子继续卖酸汤鱼，做大后还是免不了被各种事件烦扰：被拆迁，被合作伙伴欺骗，被敲诈，被驱赶……都支撑下来了，就靠这酸汤，也难怪把酸汤看得这么重要。

本以为贵州人的酸汤离不开西红柿，当地人叫毛辣果，真接触了才知道，酸汤的红色源于糟辣椒，和西红柿没啥关系，后面切几片西红柿扔在米酸汤里，只是为了让汤的口感更甘香。

二

也有和西红柿关系密切的酸汤。贵阳新开了红汤丝娃娃店，还是连锁店。被朋友带去吃，才知道这里的丝娃娃，全部用酸汤调味，而他家的酸汤，就是西红柿发酵成的。

一直觉得丝娃娃是街边小吃。多年前来贵州，在小摊上和一群中学女生一起吃丝娃娃，桌子又破又脏，上面摆满了小盘小碗，像小孩子"过家家"。里面全是各式蔬菜，多是泡菜、豆芽和菜梗，最后加上酱油醋水。老板娘按饼收钱，一叠小饼，大约巴掌大小，加上菜，也吃不了多少，属于纯粹吃着玩耍的典型。全是素菜，感觉上很健康，像汪曾祺在写昆明时提及的那些街头泡菜、泡酸萝卜、泡梨子，女生咔咔地啃食，是吃了不会胖的食物。

丝娃娃据说也是当地女学生的最爱，同理，嘴馋能吃个滋味，也不会增加多大身体负担。我偌大的个子，夹杂在一群小女人中，有点羞愧。可是贪馋占据了主流心态，久久不能离开。照说也并非多好吃，就是玩耍着吃，有种偷回到童年的羞涩感。

哪想到，这次去贵阳，对丝娃娃印象大变。这种食物，现在在这座城市简直是男女老幼通吃，所有人挤在桌子旁，排队的人一大堆，在门外观望。

侥幸早到的人们各自包着饼，说笑着，看谁包的菜最多。因为丝娃娃是按面皮收钱，菜属于自吃自拿，充分满足了占便宜的心理。恍惚是早年必胜客到中国来，沙拉自取，还有各种教人如何取到最多的帖子。

觉得好吃，倒不是占了便宜，而是各种蔬菜丝，加上西红柿发酵成的红酸汤，滋味清爽。一下子能吃到多种蔬菜，简直是素食者的天堂。我不是素食者，但是这么多蔬菜浸满了甘酸汤汁，加上一些碎花生，包裹在小小的面皮里，一口吞进，有种淋漓尽致的快感。属于半烹饪吃食，容易吃得多，其实也真没少吃。

老板姓周，比我小，穿着华丽，据说刚从海外玩跳伞回来，一问才知道也是厨师出身。特别聪明能干，说是小时候家穷，家里长辈请人吃饭，吃不起炒菜，经常就吃丝娃娃。菜在贵州这种地方便宜，贵的是面饼，红汤属于家里的方子，用西红柿和红辣椒发酵数月，成汤汁后，再加进新鲜西红柿熬煮，最后成的主料，作调料特别合适。

贵州过去盐少而难以运输，因此价格昂贵。当地不少人放弃盐巴，用酸调味，既能补充盐分的缺失，又有好味道。第一次听到这样的说法，非常残酷——盐，居然都是贵重物品。

但是现在看，真是好事：少盐多酸，是健康饮食的必需。这家丝娃娃店空前地人多，也卖各种贵州小吃，都是老板去各地寻觅来的。我觉得好吃的，是一种名叫"摊摊"的食物，出自近年各种群体性事件不断的贵州瓮安，下面垫炸豆腐皮，上面浇一种酸甜酱，然后再浇上一层腌洋白菜——当地人叫莲花白，听起来就诗意一些。是很少见的不用鱼腥草做调味料的食物，要知道，鱼腥草在贵州，不仅是煮菜，也是主调料。

其实很多县城都有这种寒酸的小吃，走在当地，一般不会尝试，这次在餐厅里吃了，觉得非常好。北方县城喜欢炸火腿肠之类，这些在贵州倒不多见，也许是本地食材多？用不着用这么外来的并不好吃的食物。

贵州不少地方做糯米肠，糯米混合猪肉，肉量极少，烤着吃，也香。

最香是贵州大方的臭豆腐。夜市满大街的大方豆腐，有点类似在昆明吃到的石屏烤豆腐。一问，果然大方靠近云南。小小的炉火，上面垫着铁丝网，不像北方烧烤那么烈火烹油，只是清冷冷，慢悠悠，大家板凳围坐，吃烤猪肠、烤臭豆腐、烤土豆片和烤韭菜。当地流行的吃豆米火锅、吃水城烙锅也都是这样的座位，黑暗中望过去，只觉得一群人簇拥着小火炉围坐在路边，吃相并不好，且座位局促，只觉得是乡土味道的穷。几年前来就是如此，心里想，怎么连高凳都不坐。

这次来，入乡随俗，坐在街边，现烤臭豆腐。这豆腐外面嫩，里面微腐，正好在转换期，像是某种奶酪，软弱，颤抖，非常美味。

穷人的美味。

三

肠旺面其实也是穷人的美味。肠和猪血，过去都属于下水一类，现在却已经风靡了。一大早去吃早餐，几家著名的店全部排队。有若干已经买好面的老年舞蹈团队员，大概是早起相约做头发，头上还包着塑料套，没有座位，站在街边拿着碗，面貌凶悍地吃着，上面一层红油，看着都辣。

排队也是无聊。看盛面的小妹动作熟练，一位管烫面和烫血旺，另一位，往里加肠，加汤，加面上那层红油，动作熟练到乏味，最基本的体力劳动。有点像比约克在《黑暗中的舞者》里那种日久会舞动起来的机械动作，但我知道她们不会，那样会被当疯子。

大部分人是规矩地吃肠旺，只有我们这些贪婪的游客，才加鸡胗，加软哨，加肠，加大排，满满当当一碗，然后四处找地方坐。不知道贵州何以也吃大排，我一直以为这种杀猪取肉的方式，局限于长三角。

多年的训练，让这些店的小妹们非常利落，多长的队伍也排一会儿就能吃到。紧挨着这家肠旺面的，是一家湖南面。小妹把面汤和上面的肉丁加完后，主动往里插一双筷子，异常麻利，也古怪。后来才看到，那筷子插在胡椒粉罐里，等于直接加了胡椒粉。大约是这店的习惯，淳朴的乡俗，非常可纪念。我照例又加了豆腐干和炸鸡蛋，总觉得这些平凡而庸碌的食物，在异乡就会好吃。

湖南面，是贵阳特有的食物，据说是抗战时期湖南人带来贵州的,战后很多湖南人留在这里,面也留了下来。一点不放辣椒,用鸡汤、肉汤当底汤,面上撒软烂的鸡肉和猪肉丁,吃起来非常香,但是和湖南似乎也没什么关系——时间越久,慢慢这些食物也就徒留了名字,并没有多少故事留存。

上海的"红房子"也是如此。所谓法式菜,不过是流浪异乡的厨师留下一些当年的口味,越传之久远,越不知道当时的缘故,也是一种食物考古,现在在法国肯定吃不到。就像湖南面,在当下喧腾热闹的湖南街头,注定只是传说。

流浪的食物,也回不到老家,背后人的故事,更是隐没了。

四

还去了一家老餐馆吃宫保鸡丁。丁宝桢原籍贵州,所以贵阳人当然觉得他们的最正宗。在一家公园的茶楼里,老板戴了一串硕大的蜜蜡,特别像常年游走在古玩城的那类人,看人眼睛也厉害。我因为和同事在一起,很有簇拥之势,他也就皮笑肉不笑地说,只是家常菜,随便吃吃。

真好吃。不加花生,也不加豆瓣酱,用贵州当地的数种辣椒,炒出来的鸡丁嫩滑芳香,像个梦。

觉得大约以后都吃不到这么奇怪而好吃的食物了。

很台很台的日本料理

一

在台湾，所有招待我的朋友，都说请你吃日本料理吧。一方面是有人把我吹得很厉害，说我是美食作家。碰到这种情况，只能羞涩地说自己只是馋而已。你馋？那就更要吃日本料理。经历了一个世纪岁月的检验，当地人民越发觉得，这里的日本料理特别拿得出手。

另一方面，大约也是台菜难以找到合胃口的。在永康街的"大隐"吃饭，标准的台菜，却也已经是日式小酒馆的格局，楼下的墙壁上挂着鱼拓。这种风格，在京都一家咖啡馆见过。老板经常参加钓鱼比赛，满墙的鱼拓，记载着自己大大小小光荣的历史。远在台北的"大隐"不知怎么的，其实并不参加海钓，但还是有样学样。反倒京都那家咖啡馆，实在做着与鱼无关的事业，

越老越甜
甲午沫曦

无关，因之显得高级。

我们人多，被塞到楼上的圆桌。顺着昏暗的木梯往上爬，楼下满坑满谷的人，楼上却是狭窄到抬不起头，简直是一个亭子间的格局。一行人都自诩美食家，属于不重视环境只看饭菜的人，包括拎只限量爱马仕包的大小姐，扑在桌上就吃。一时恍惚，不像台湾，倒像是上海保罗之流的弄堂菜馆，可是菜分明又很"台"，淡而无趣。吃来吃去，大家开始赞美南瓜炒米粉，其实只是南瓜比较鲜嫩而已。

直到饭桌的主角来。主角喝茶，当然口腔感觉好。

她顺着低矮的楼梯爬上来，露出自己下午新烫的头发，像朵黑夜里盛开的花。一看菜就说我们点错了，说这种没有手艺的地方，要吃那种烹饪最少的菜。传说中的美食据点"大隐"的老板，听到这种实话，一定会难过。但自给自足的橘子皮酱蘸白切肉、椒盐虱目鱼肚，外加福建干面，果然好。都是少烹饪的菜，原料新鲜，自然好。

那猪肉煮得半脆，不是十分烂，但是橘子皮酱的香让那股猪肉的腻歪劲儿新鲜了起来，黑乎乎的桌子上，扁鱼白菜卤和猪油葱香饭等很台很台的菜迅速没人吃了。说也奇怪，在北京见到的很冷漠的餐桌主角，在台湾的冬日下午刚烫了一个头，倒像七十年代台湾经济刚起飞阶段的电影女配角，有股子软绵绵的气息，和她在北京的形象毫无瓜葛，显得又亲热，又柔软。我评价说，很台。大家哄笑，说台是骂人话，因为台，意味着土和落伍。

黑暗中，远远地上菜，接着在黑暗中吃完一桌，倒像是侯孝贤《海上花》里的场景。一桌饭，起起落落，不过我是过客，在遥远的地方，和熟悉的人吃饭，竟有些温暖。

都觉得这顿吃得将就，约着第二天去吃日本料理，有大佬请客，会带很好的酒。大家纷纷贡献自己的建议，说来说去，还是最高档的酒店里的日本料理好，便约了去W酒店吃新开的铁板烧。说也奇怪，开在W里面，餐厅的装修，还是台气，有股子不甘彻底同化的中国风，隐约的红色布巾，尽量豪华，就显得没有性冷淡风格高级。相比之下，北京高档酒店里的日本料理就很世界化，往往看不出地理因素，雾霾重重冲进去，倒像进了纽约的餐厅。这家餐厅的经理是个胖姑娘，倒是和哪里的酒店销售都一样，和我们自来熟，上来就开酒，并且加入到喝酒人群中，迅速把人拉回到了熟悉的语境。

大厨做菜，先用日语打招呼。铁板烧的内容，和日本并无关系。主人带了早年的香槟王，配的第一个菜是铁板烧奶酪——把阿根廷的奶酪融化掉，放在铁板上，立刻开出焦香的花朵来。我的第一个联想是东北和北京特别流行的冰花锅贴的焦底，私心觉得自己土。真得用这样的奶酪烧焦的花朵就香槟，有种特殊的放纵感。

在台湾，日据影响深远。有次在高雄坐出租车，司机是位六十岁的老者，按道理是没有经历过日据时代的，可还是对我说，国民党统治不好，还不如日本人时期好。这话特别荒谬，也没有反驳，真要反驳，也有一堆材料，可萍水相逢，无从讲起。不过，日据时代，台湾确实从农业社会转型，有了现代化的因素。还有文化的影响——不少台湾人身上的温文尔雅，倒不是来自中国文化，而是依稀有日本文化的影子。

前两年党派选举，南部地区的老师控诉国民党统治，大约又加强了这一印象。殖民地的历史，又忧伤，又久远，反倒成就了吊诡的传说——"大隐"酒馆的鱼拓就是一例。

这家豪华餐厅，既然挂名是日本铁板烧，就要比日本更日本。我在日本大阪吃过便宜的街头铁板烧，一个胡子拉碴的年轻人，带点不羁的艺术家风格，用简陋的铁板做包饭给我们吃。无论要的什么，最后里面一定有鸡蛋和米饭，鸡蛋盖在上面当包袱皮，非常美味。后来想，可能是食材新鲜，所以最寒酸的也不难吃。

这家当然不会有这种寒酸的菜肴，主打健康风，烧鲍鱼不放盐或者酱油，只用最清淡的昆布来调味，鸭肝、龙虾也不放酱汁，要突出原始的滋味。主人带的每一瓶酒都是好酒，加上他是这里的熟客，时不时要叫厨师喝一口，经理喝半杯，努力在豪华酒店里营造出居酒屋的氛围。唯一没酒喝的，是我们后面的男侍应生，大约刚来，和谁都不熟悉，孤零零而卖力地整理着繁杂的盘子。这种感觉，倒又不像日本，像一切无聊的大酒店。

记得他，是侧目一看，英俊如阮经天，却瘦弱得很，外加很台的干净面孔，不像大陆的大酒店服务员，有些天生的眉眼高低，多了些精明势利。他只是简单地尽责，台湾经济不景气，这种工作，大概也算不错的。一共 100 平方米的空间，在这个小天地里，他也是最卑微的服务者。

不怪我有这种印象，在台湾，很多朋友说到他们家的佣人，我都会一惊——在我们这里，哪里还有这个词语？

二

台湾人真是爱各种日本料理，正宗的固然爱，不正宗的也爱，不分居酒屋和专业店，都是人多。想不起来吃什么，就说去吃日料吧。无论历史和现实，台湾与日本都纠葛深远，现在成此局面，也是意料之中。饮食中最容易看到国民性，台湾的日料，承担的是日本料理中清鲜繁华的一面。

简朴寒素的一面倒是一点没有进入，也可见到底是中国人——鲜花着锦才是想要的。

当年我在日本工作的时候，经常去到偏远的小车站。附近只有一家日料店，进去后也就是主食，面、饭，没有菜肴，只能充饥，完全说不上好吃。当地人也挤进来，穿铁路制服的苍老的工人、满脸褶子的家庭主妇，属于对食物已经没有挑剔的人，满足最基本的口腹需要。

台湾不存在这种日料。上次在嘉义夜市看到日料路边摊，是有五十年历史的路边摊，再怎么简陋，至少有生鱼片，主打是炒乌冬面，估计是已经台湾化的日本料理。在大中华区的文化里，外国菜，总要有点不一样，没吃，但是看看，也是新鲜的野眼。

台北的日料店就很少有日本车站的那种简陋版，尽可能地时髦、热闹，有种中产阶级喜欢的富足和新鲜。在他们的想象里，荒凉版的日料不太可能存在。接连被请客两次的这家，叫"大正浪漫"，闹中取静地藏身于一条小巷，门口装修极素净。只有十多个座位，带我去的阔佬显然是常客，告诉我订了最好的位置，在料理长的料理台前，可以吃到新鲜美味——不过去的时候，一个秃顶的沉默老者正占领着传说中的位置，默默吃着。以我的浅薄眼光，看不出老人的身份，后来阔佬偷偷告诉我，是台湾一家大轮胎公司的老板，这里算是他的食堂。我们也就心照不宣地被安排在次好的位置，料理台的另一个角落。

还是不久前来时的那些厨师。料理长白皙高大，戴眼镜，好脾气得像是日本无名小店的料理长，无论说什么都是眉开眼笑，说着日语与台湾腔的混合体，不知今夕何夕地做着他喜爱的食物。阔佬爱讲自己在日本吃了什么，以及在日本来台的名厨处吃了什么。他都用非常惊异的语调配合道，是喏，这样的啊，表示着赞美和欢喜——大厨师不会有这种配合度。

不过这家店应该在阔佬圈有名气，完全不接受采访,害怕人多,菜的质量下降。我觉得是闷声发大财的典型案例——人均人民币五百元的平常料理和七百元的主厨推荐料理,买单者络绎不绝,犯不着再去声张。

主厨推荐菜的好处是,必须花样翻新:一开始就惊艳,上次吃的螃蟹肉磨碎做成的蟹肉豆腐这次没有吃到,但是有新鲜的小花菜,撒了鱼子;小鳗鱼苗上撒了金箔——醋拌的小鳗鱼苗,苍白透明,吃下去简直有罪恶感,愈发觉得是奇技淫巧,丝毫没有中止的意思;接下来上的是蛋羹里蒸的河豚白子,也就是河豚的精囊,嫩滑的一大口,绵软细密——这河豚也是精子太多了。

然后是海鼠子。这时候,老板亲自来介绍:小心翼翼拿出一大块,据说是三十只海参的卵巢挤压在一起,做工繁杂,也是珍奇之物。切下来两片,就五十磨的大吟酿,有股子乌鱼子的味道。不过在这种店,即使是普通的乌鱼子,吃法也不同。在碗中用白酒火烧后,放在厚梨片中吃,不是一般的萝卜大葱三明治版。还有黑松露牛肉饭,是用神户牛肉切薄片包黑松露屑的米饭,上面撒蛋白打成的装饰,黑松露片在最上——据说是厨师看电视学来的,某次介绍日本最昂贵的米饭,就是如此做法，那个是大碗，我们这个是袖珍版——现在已经是这家店畅销的神品。台湾的日料小店，上进心强大，简直超越日本本国。

就是最简单的紫菜包饭，也需要昂贵的配料，海胆现撬开，还要厚切鲔鱼，倒有点像《红楼梦》里的茄鲞，得有豪华的配角伴舞，才能让主角出现。

最有意境的菜，是一朵叫"路之苔"的花朵，长得像多肉植物，据说是日本高级料理店才有的东西。这里做成天妇罗，从边缘吃起，中间是味苦的花心，上面撒的是用这种植物做的味增酱。真是奇异的食物啊，有种春天被浓缩的感觉，像是阴阳师才能吃的。

大约阔人的生意是真不好做，所以必须这些奇异之物上场。你方唱罢我登场，就像一个豪华夜总会找了好多脱衣舞娘来表演，金发碧眼不够，还得有奇招。

有次在探索频道看见，一个瑜伽师把身体扭曲成各种不可思议的姿势，在拉斯维加斯的私人场合表演，也兼职卖淫，实在是长得不错，但关键还是稀少，估计可以满足特殊需求——这餐厅的奇怪食物，不知为何让我有这种感觉，当然是我联想丰富。

台式小情歌

一

从老火车站往自己的旅店走,走的是后街,叫后驿街。台湾的老火车站修建年代早,也许那时候叫驿站?显然是我瞎想,嘉义的火车站应该是日据时代的产物。此地邻近阿里山,当年的木材也是日军侵略所需的物资,日本很多神宫的巨木都产自这里。

阿里山的许多木头带有香气,有的客栈招牌就是桧木家具。也能加工出一些精油,当作旅游商品出售,一股驱蚊水的味道,并不可喜,有时熏得人简直睡不着。

虽然木材丰富,阿里山山下的嘉义似乎没有沾光,无论家具还是日常用品,少见硕大的桧木做底子,反倒不如我上次去的花莲民宿,整块的桧木床,有精油没有的清新木材味。据说是山上的巨木被台风摧毁,一路被

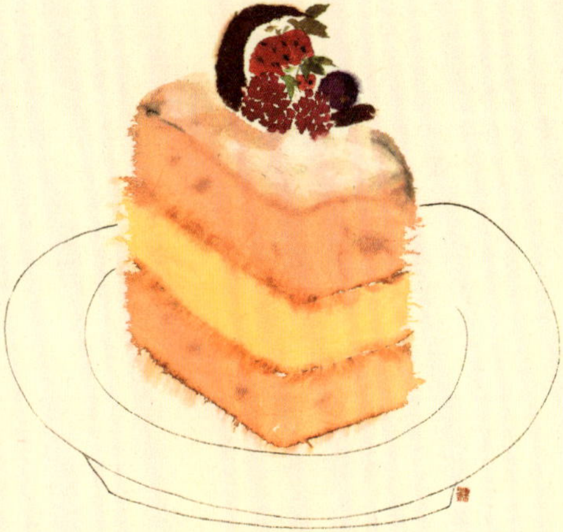

洪流带到入海口,反而便宜了海边的居民。这些故事,带些魍魉魑魅的影子,听起来特别带劲。

宫崎骏描绘的山神,鹿形,俊美无匹。若阿里山有山神,应该是少年,雄壮的原住民,黑黝黝,握弓箭。

可是台湾的山民信仰体系大约被挤到了很边缘的地方。沿着后驿街走,沿途都是传统的神庙。三步一庙,各种都有,东岳神君、五德圣君、月下老人、真武大帝。真武大帝是个黑黢黢的木雕神,不大,也许是当年从大陆带过来的,衬着格外隆重的披风,还有锦绣围裙,不知怎么就像个老婴儿,也不知怎么和月老归了一个祠堂。

这个庙宇外面还有横幅,"转角遇到爱情"之类的小清新标语,非常可喜,也是都市剧风靡的结果。古时候,应该是"姻缘前定"之类的套话。标语孤零零的,看起来却并不凄惶,外面也空阔,有树,有草坪,有股子南国难得的舒展劲儿,比别的庙大方些。

庙小而密集,令人不禁疑心这些小神仙只能分管几百米的距离,各自为政。但是——雕梁画栋,一种南国的繁杂热闹——神界如同人间一样分了等级,不过他们过得比人好。

早见识过台湾庙宇的众多。上次还看到"五路将军"庙,这种庙宇,在清代也是被归为淫祠处理的,在这里还安好着。岁月安好,还是在边疆可行。每座庙宇前面都有廉价的不锈钢焚化炉,大约是字纸和香的焚化处,不锈钢亮晶晶的,安静。

庙旁,是依靠神为生的人群,有专门做神桌的,也有专门绣帷幔的,某某绣庄出品。还有香烛店,黑暗中闪烁着几点光亮,是人世里迷路人的灯火。几百年来似乎变化不大,他们的职业就是拿美酒香花来伺候神,材料却越来越差,到最后,也就是些塑料片和金属片闪烁在大红色的绒布上。可还是认真做着,人与神的关系,这样反倒日常:不远不近,甚至也不谄媚。

庙附近,很多老式点心店。有家卖柠檬蛋糕的,旅游指南说,有柠檬冰淇淋的味觉,我贪吃买了很多,可一吃,哪里像冰淇淋,就像小时候的鸡蛋糕,罩上了厚层的柠檬奶油壳子,有点像八十年代电影画报上的美人,又闷又艳丽。

还有小城的特产四方酥,据说是用面粉和油盐制成,在贫穷时代夹在馒头里食用,可以填补滋味,现在成了特产。也有股浓郁的小城感,觉得是夜间灯下的茶食,缓缓地吃一块最好。

二

有次去缅甸找远征军的后代,到密支那附近的小城,坐火车不过一小时,却经历了车站警察敲诈、车上挤得水泄不通诸种难处。下到站里,人烟稀少,顿觉轻松。这城市大约也是殖民地时代确定的建筑格局,大雨滂沱中,只见若干条横平竖直的街巷,掩映在丛林之中,两边都是不高的两层楼,被雨水冲刷得斑驳的木栏杆和石灰墙,看着像马尔克斯《百年孤独》里面写的马孔多。

南方的小城都有这种特征。我找的那家人正在盖房子,父亲,也就是我要找的对象已经去世了,儿子依稀能说几句中国话,母亲是当地华人的后代,也只会说几句中国话,多数时间只是沉默地憨笑。我们也没交流什么,华人最能移民,可是移民到这等荒凉的所在,整个城市只有几十户人家,实在凄凉。

看那个儿子盖房子,木头的支架,上面也就是水泥预制板,和云南那些小镇类似,可还是有几分说不出的荒野趣味,觉得是丛林中的窝棚。特别是蓝色的木窗,无论新旧,都有点岁月感,也还是一种属于殖民地颜色的艳丽。

嘉义的有些街道也这样,荒凉着,安静着,周围的植物猛长,似乎随时能吞没人类的痕迹。

可是并没有,住家种些草花,三角梅,疏阔地长着,乏人照料。

这是我理解的南国。再往下走就是海洋,也属于蛮荒地带了,传说中的食人生番遍布南洋——当然是传说。相比起中土的繁华、拥挤和热闹,这种南国地带,也就是默默生老病死,其实很适合生活。

不过还是无法在这里生活,太安静,太井井有条。

和庙宇一样多的,是茶饮店,各自有着花哨的名字,也各自有各自的花里胡哨的茶饮,加百香果,加西柚,加蜂蜜,加苹果汁,加牛油果,把水果和茶变出各种花样,可依旧显得单调。看店的店员都是粉妆玉琢的台湾小妹,在大陆,估计都会当网红去直播的,在这里,就那么柔顺地站着,终日收银。嘴里不停地说着,谢谢,谢谢你。

南国,再见南国。

三

酒店边上就是"阿娥豆花店"。真好吃,豆浆和豆花在一起,冰滑,有种特别色情的口感。不过色情是热,这个是冷,让人的欲望集中在口腔。我那碗里还有大量的薏米,也有加花生的。没吃过这么好吃的黄豆和糖的混合体,大陆所谓最好吃的豆花,广西梧州的冰泉豆花也被比下去了。

其实只是街角凡俗小店,连屋子都没有,街边摆摊。几位能干的中年妇女主持,也不知道谁是阿娥,听起来像个女配角的名字。一天卖几百碗,估计也没什么雄心壮志做大。梧州的"冰泉豆浆"前年去过,已经壮大发展,不仅楼上楼下几百个座位,还有机械化的袋泡豆浆粉出售,相比起来,反倒是眼前这个小摊实在。

边上是一对夫妇卖切的水果,撒梅粉。要了一份芭乐,也好吃,嫩滑,加上梅子的咸。老公穿得像个旅游公司的开车司机,很体面。在台湾,很多人都安于自己的小摊贩生涯,上次见过一个美人儿,螓首蛾眉,非常华贵,不过只卖冬粉汤。

也有难吃的,或者不那么好吃的夜市食物。

我还是很认真地吃着,无论是一碗肉燥饭,一碗砂锅青菜,一碗豆花,一碗米糕,一碗冰冻薏米,一碗酪梨牛奶,一碗蚵仔汤,一碗麻油猪肝汤,一碗虱目鱼肚汤,一碗豆乳鸡,一碗馄饨面,一碗牛肉面,一碗手工乌冬面。

四方游食：从杭州到越南

杭州的"江南驿"属于名气外泄的那种，周围都是拗造型的旅游自助男女，要不就是从城里开车来的杭城小布尔乔亚，拥挤到了不堪的地步。要不是远处的山谷有雾气慢慢升起，真想甩手走人。真亏他们还有装腔作势的自己倒水这一项——看着那些粗糙的冒充新生活方式的壶就心生不满。

带我来的美人儿毫不动摇地点了椒麻鸡和酸辣洋白菜，似乎还想点小龙虾，被我断然拒绝。目前这阶段只爱素，点了清炒蒌蒿、清炒茭白。不出意料，他们家的素菜处理得很笨拙，除了酸辣洋白菜是招牌菜之外，别的都平平，而且酸辣洋白菜里面搁的是白醋，不很喜欢。但是装菜的盘子很大，衬托得那菜越发珍贵，很积极地吃完了。

这家餐馆是杭州菜从装修豪华的大型饭店反动之后

往自我、简单——所谓个性化——上靠拢的一步。据说椒麻鸡的汤泡饭很美味,我还是坚持吃了碗片儿川,大碗,没有笋的季节一向放茭白。这种普通的家常面,做出来不会失水准。

在异乡吃饭,常常只能靠外在的名气,可是到了什么都不懂的地方,就只能碰运气。越南的三角洲地带,水上市场像是黄昏时远望的灯光,摇摇欲坠。不喜欢湄公河三角洲的水,像是张有现实危险的大照片,昏黄、舒缓、漫漶无边,让人想到灾难和瘟疫,不过也许都是预设的概念在作怪。

从旁边的船上接过榴莲吃。卖什么,船上的竹竿上就挑着什么。

想起高中时代热放的一部新加坡电视剧的主题歌:为什么榴莲树下,不见榴莲往下堕。那是新加坡电视剧还流行的年代,我们下了晚自习,纷纷去到校门口的小吃摊前,端着碗,看不见画面,听那首歌也是好的。小吃摊卖的是凉虾,泽被西南地区的一种米制的甜品。

这船上的榴莲肯定是我吃过最新鲜的,清而甜腴,毫无臭味。顺便还送了我一大把"酸枝"——纯粹是我胡乱起的名,外貌似桂圆,里面却是小橘子瓣式地分了

家,吮吸之,有酸酸甜甜的水,太不像水果了。

越南的中餐,再怎么吃也不像样。去了芹苴最大胆的中餐馆,酸是次要,主要是太庞杂,一个排骨饭里七七八八放了十多种配料,像是习惯演花旦的演员,怎么也混充不了青衣。我明智地点了炒米线,反正这个玩意儿在哪里都是混搭风。

矮胖的越南孩子端上来,也不说话,往那不锈钢的桌子上一放就走。很滑稽,看不见米线,先看见上面罗列的五六种配菜,虾大而鲜,吃到一半,才知道下面是米线。不过那家店的大电扇很有食堂之感,装修也高大轩敞,像是胡恩威称赞过的东南亚特有的迎接凉风吹拂的空间。

同样是西南,山地餐就比水边餐要爽洁,云南菜是其中的好例子。

去大理城北的一家小清真店,非游客区域,黑而窄,像个熟悉的街边妇女,并不亲近,可是进去后又觉得舒服。主要还是干净,吃饭的人们像鱼,无声无息游进了黑色的水潭。

居然还有黑红三剁,不过后来还是点了最简单的泡饭。十五六平方米的店,却有十来种泡饭,叫我如何不喜笑颜开？点的是苦菜牛肉泡饭，苦菜被煮过后，留了点香魂，荡悠悠。另外还有红烧牛肉泡饭，好奇，红烧后还怎么泡？结果也叫上一份，不错，那牛肉是烧烂了，又在饭上打了个滚。食法普遍错误的年代，居然可以寻找到这样一家小馆，也算幸运。

他们管皮蛋叫灰蛋，肯定是因为传统制法，外面还有层旧泥灰。那么咸蛋应该叫什么呢？糠蛋？泥蛋？还是就叫咸鸭蛋？在云南，没想到有这么多东西可以凉拌灰蛋，普通的连门面店招都懒得写的小店，抑或是装修类似县城宾馆的中档餐馆，都会端上拌法大不同的灰蛋——不同的是配料，不像四川湖南，千篇一律只是烧椒。

有一次惊喜地发现灰蛋下面垫底的是薄荷叶，还是刚浸到汁中，鲜绿的、微带咸味的凉。另一次是折耳根，我小时候嫌弃它味厚，近年倒是喜欢吃。这里不像四川吃叶，而是只吃象牙黄的梗，脆得像是老娘们嚼舌根，能让人把主角灰蛋忘掉。

刚摘下来没多久的牛肝菌，放了大量大蒜和干辣子，那盘菌就了两碗饭——真牛肝也没有这般异味。改天和一大桌人吃"见手青"，大家说话，我忙着对付自己前面那盘菜，白愣愣，蛋白的模样，吃上去却像筋道的海洋生物，长相和内容不一致的又一明例。

菌界有个性的品类还真是多。在滇西游荡，在一家云南小县城街道转角的小饭店吃到的松茸居然也令人觉得吃之有愧。小饭店，却有相貌堂堂的大院落，放着特殊的绳子缠成的五彩缤纷的板凳，还有棵招摇的不开花的石榴树。毫不犹豫地走了进去。刚进去，外面就下了小雨，街道中间那些破败的彩色旗帜，还有砖瓦本色形成的特殊的阴暗古城楼霎时都润了。

是家小馆子，却有松茸和一些别的蘑菇，边地常见的清真小餐馆格局，可是菜大相径庭，有无数绿茵般的蔬菜摆在那里。一般这里的清真餐馆都叫"食堂"，也有食堂似的简单外表，挂上串黑色的沉默的牛干巴当招牌就够了。蔬菜肯定没有白族人餐馆里的多。

我们默默吃了一盘松茸，乌黑的汤汁，和别处首面那么干净的炒松茸不一样，吃感动了，完了才觉得好。于是又贪婪地点了一盘，还是黑的，小的，上面只有些简单的红辣椒，吃着，像是在雨后森林里走动的感觉，却全无脚底潮湿之虑。相比之下，小时候吃过的中原地带常有的松菌就是丫鬟，还是粗使的。

老板娘穿着古怪，是个在室内也戴着草帽的中年妇女，大红的绣花背心，画两道细眉，大概是因为觉得我们不顾价格吃了贵重的菜，出来表示感谢。我傻笑着不知道说什么，就二十元一盘，在大城市，连松毛都沾不到。老板娘激动地说，谢谢啊，你们居然点了这么多菜。不期然地有种羞涩，是我们占了便宜。

进来一个穿蓝布衣服的老头，小城里少有的一个人吃饭，褴褛着，是要吃"牛 ×"，老板娘随即悠扬地报出价格，说是十块，又说了句："怕您老不知道这个价钱。"那老头胡子很久没刮，就是在小城，也显得落寞。觉得老板娘说得有点多余，不过也觉得那老头不像是出那么多钱吃顿中饭的人，难怪她多嘴。

好奇着问他，牛什么？他笑了，一口坏牙，还是没说清楚——过了会儿看见才明白，是从厨房里那锅稠烂香鲜的炖牛肉里舀出来的一碗。老头笑得有点尴尬，大概是自己觉得年纪这么大的人还贪吃，不好意思——这是第二次动心来这个西南边地的小城养老了，最普通的人也是真心享受生命的微小时刻的。

不过都不如在云南买到的梨奇异，大招牌上写着"金红梨，宁乡少管所出产"。卖梨的孩子是个粗壮的云南少年,招徕我说,这种梨切开后许久不变色,是好梨的标准。我问他,怎么是少管所的,他傻笑不答。那梨确实是没有见过的多汁之物,水多到没有渣,比起一些出名的梨品要好多了。皮倒是黄,微带点红,像时装展览上推出的下一季流行色。

少管所大概有特别多的土地,被管束的少男少女都是最好的劳动力。粗壮,疤痕累累,男性小偷和暴力少年的手,还有白皙秀美的不良少女的手——都触碰过这些生动的梨。

在江南的早晨吃一顿饱暖的早餐

中国多数城市是端午才吃粽子,可是杭嘉湖平原不同,一年四季都吃。大概江南还是温暖,即使是冬日,也能获得新鲜的箬叶。食物体系越丰厚,粽子越是简单,很多地方就是白米粽的天下。也对,江南人家的大灶上往往炖着大锅的腊笋烧肉干菜烧肉鲞烧肉,随便在锅里一搅,就能拿出一块颤巍巍的五花肉和着白米粽一起吃下去。粽子是提前包好的,一大串,放在寒冷的户外,也不会坏。

驰名的"五芳斋"就在嘉兴。去了才意识到,我们对粽子的想象未免有点过于"农业社会"了。现在的五芳斋早就工厂化了,全部是流水线作业,就算还保留了手工的形态,一旦真空冷冻之后,也只有千篇一律的快餐食物的味道,显然不是能留下美好印象的早餐。于是改换门庭,继续寻找合宜的早点。

糟筍

冬筍勿去皮。勿見水。以箸搠筍內嫩節令透。入臘香糟於內。再以糟團筍外大頭向上入罐泥封。夏用。

哪里有人排队就往哪儿靠，连续两三家走下来，看明白了。整个太湖流域，冬天早上最动人心弦的，不是粽子，更不是包子饺子，而是一碗热气腾腾的湖羊大面。所谓"湖羊"，是 1200 年左右太湖流域引进的蒙古羊品种，经过这么多年的养殖，早就本地化了。常常在湖滨地区看到黑乎乎的山羊在那里吃草，看上去很脏，并不吸引人，远不如草原上风吹草低的景色里它们的远亲逍遥自在。可是这种羊肉，说来奇怪，红烧极其味美，江南颇有些地域，只吃湖羊，对来自内蒙古大草原吃沙葱长大的毫无膻味的羊倒是毫无兴趣。

嘉兴最有名的是"老钱"红烧羊肉馆，从乌镇迁来的。老家那里成了旅游景点，倒是没有这里的羊肉地道好吃了。老板老钱圆脸小眼，憨厚的水乡人长相，自己坐在柜台后面，收钱开票，还有一项重要职责，卖酒。这酒是自己家的家酿，纯米酿造，鲜甜爽利，大约 4 度。这也是新鲜知识：江南的湖羊大面，需要和酒一起吃，才是过瘾。江南的酒，从早餐开始，难怪小店里均是男客，少有妇女。湖羊虽是名产，产量并不多，太湖流域的湖羊大面均在集镇上方有出售。乡下人来镇上赶早集，卖完了家中物产，然后喝上一杯，这时候的下酒菜就是一碗炖得稀烂的羊肉。面并不和羊肉放在一起，而是用红烧羊肉的汤拌匀了，另盛一碗。这样，一口酒一块羊头肉一挑面，一个温柔乡里的早晨，正好抵挡江南冬日早上的寒冷。

老钱的羊肉大锅已经有二十六年的历史。说大，是真大，都没有合适的锅盖，索性用稻草编织了大锅盖。积攒了多年油污的大草锅盖已经黑亮，且老钱说那锅里的老汤就没有彻底干过——这也是中国红烧菜的特点，不问清洁，只问年纪，老汤和老灶带了天然的神气——里面放满了烧烂的大块羊肉。另外一个大袋子装调味的香料，老钱实在，里面放了黄芪和党参，补气，也是寒冬的理所当然。客人买羊肉面，只算肉钱，当灶的妇女熟练地捞出一大块羊肉，用剪刀咔咔一剪，就是下酒的菜；然后把粗面捞出，洒上肉汤，往你手边一推。一上午，至少卖出七八百碗湖羊大面。

红烧的湖羊带皮，吃起来更加肥甘——按道理，湖羊皮极其细腻，是上好的皮包材料，可是到了冬天，当地人是牺牲掉那些经济利益，也要把皮吃进去，因为只有连皮的羊肉，在他们看来，才补。

面浇上羊肉汤，鲜浓。苏州一带也吃湖羊，以藏书镇的白烧羊汤最为著名。羊肉连皮煮熟，切薄片，连白菜、粉丝慢炖，是另外一种鲜美。相应地，面也是白汤羊肉面，更细巧。可是总觉得不如杭嘉湖平原一带的红烧湖羊浓墨重彩，吃起来更让人兴奋。

女人吃什么？几家黑压压的羊肉面店里，男客居多。女人有勇气挤进来拿杯酒就红烧羊肉的，几稀。不过不用担心，这般富裕的小城，女人不用在家喝白粥。嘉兴的早餐颇有些有趣的种类。在斜西街，有家出名的冬笋烧卖店，只有四张桌子，进去了要站在别人后面，死盯座位才能吃上，你不坐下服务员不给你开票。

这家的烧卖好，鲜肉加汤汁，还嫌不够，再加上冬笋末增鲜，味精显得多余。上面是鲜花一样绽开的烧卖口，并不和拢，那样热气能进去。据说蒸的时候，需要没有彻底熟透就端上桌，靠最后那点热气蕴熟。这时候，皮不会塌陷，汤不会涌出，吃进去，满口生香。

也有人爱馄饨。江南的大馄饨，一个个足有小笼包大小，因害怕太腻，加笋加青菜加香菇，变成了荤素搭配版，吃十个也就足够了。也是江南早晨的好食物——饱胀的是肚子，稳定的是心。

景德镇的乡村米其林

一

在景德镇的"啄佬"吃饭，微博秀几张照片，开玩笑说是景德镇的米其林一星餐厅，结果看到有人留言说不知所云。对于熟人圈，我总喜欢开这个玩笑，因为彼此都懂："啄佬"的几个菜——辣椒炒肉、卤水白鱼和油煎豆腐，几乎是次次必点的经典菜，简直是《红楼梦》里宝玉对黛玉说的话，睡里梦里也忘不了你。

最早知道"啄佬"，是四川成都一位开了二十多家餐厅的老板告诉我的，说那里的辣椒炒肉是一绝，他自己做不出来。这位爷是美食家，在成都靠餐厅扬名立万可不是容易的事，还肯这么说，那"啄佬"必有绝活。后来去景德镇就要求去吃这家，一楼是瓷器展销铺子，各种老板淘换回来的花瓶和瓷板，满坑满谷，按照他自己喜欢的方式陈列着，只觉得眼睛被侵犯，乱花迷眼，完全看不过来，俗气到了不知俗气的地步，倒也别致。

大桌子旁，永远坐着一位散淡的中年人，在那里坐着，有几分像账房先生，现在也依然不知道是谁，反正不是老板。啄佬是个光头，我只见过一次，极利落，善于交际。

经过一道极矮的门上楼，就是散座了，也不过寥寥可数几个座位。有位眼镜太太负责点菜，是啄佬的老婆，姿色尚可，人也是厉害，会安排你的菜：五个人？吃这么多干嘛？够了。真的够了。这么凉快，开什么空调？你有鱼，就别吃虾了。不絮叨，同样是麻利。

蔬菜和肉类都是本地出品，过去在江西少吃鱼虾，可是后来才明白景德镇是吃鱼虾的好地方：虾肥大多籽，这里的油爆虾不甜反辣，可也是美味；白鱼总以为只有太湖有，这里的白鱼用油煎后加卤汁，吃的是不仅是鱼的清鲜，还有烹调之味。景德镇人吃菜喜咸，认为不咸鲜味道出来不了，和上海人吃菜放糖提鲜一样，彼此也没什么好歧视的——对鲜味的古怪追求而已。

当然，最好吃的还是辣椒炒肉，我上次写过是余干辣椒炒的辣椒炒肉，不知怎么惹了一位江西籍贯的编辑，说我不懂行。这次吃的时候，特意问了，老板娘有夸张之处，可是她家的此菜辣椒确实来自余干县的一块田地，据说那里的辣椒皮特别薄，也特别香，以至于很多时候人们愿意吃辣椒，放弃旁边点缀的肉。

乡村处处有这样美好的餐馆。我们去水库边上吃石鸡，暴雨初晴，天上如同洗过一般，只有清凉的云，边缘还有点暑气的红。

石鸡之外，乡村餐馆里还有青辣椒炒红辣椒，这次是红辣椒不辣，陪伴豆豉一起，一口口吞进去，只是满口的香甜。我疑心是柿子椒，但是肉质又更肥厚，中国的辣椒品种还真是多样，让人摸不着头脑。

突然想起小时候享受过的工厂食堂福利了。我家附近是工厂食堂，平时就是卖馒头包子，过年才有加餐：辣椒炒肉是大锅菜，但这种粗枝大叶的菜，也并不需要精心细做，肥油浸润的辣椒，一口口活色生香，瘦肉在里面藏踪，像是捉迷藏，可是真捉到，还是满足。这是活在两湖地区氤氲水汽中的人民的福利，辣椒出汗，咸盐补矿物质，最基本的生活必需品，扎实得和晚上睡觉的木床一样，在那里，在那里。

主人带我来，是吃石鸡的。小时候就听说过庐山石鸡，应该是长在山间溪边的动物，但从没机会吃到，也没特意去吃，总觉得蛙类有潜在的小灵魂。等终于吃到的时候，已经过了这么多年。

厨师用了少量腊肉来煮石鸡，淡得几乎没有味道，可是第一口汤下去，就够了，口腔和食道像蒙了块丝绸般地滑。这种吃，是犯罪，可是忍不住，一犯再犯。难怪中国人会特意强调食补，确实精心的食物让人有幻觉，以为可以改变身体状况。每喝一碗汤，都仪式化地赞美一遍。

这种美味，在北京上海完全不可想象，再昂贵的餐厅，也难有这么珍贵的食材。即使在这荒郊野外的地方，这种食材也是昂贵的，常有假冒品。这家是请客的主人鉴定过的，厨房窗口望进去，黑乎乎的灶台，戴着大粗金链子的小老板正在算账。

出来的时候，银色的弯月在天空，还是干净，远处有汽车在山路上行走，亮着车灯，照着蓝色的远山，还有周围绿盖的田野、泥泞的地，恍如一副织在锦绣里的清代官员的补子，又呆板，又美丽。周围人都视而不见，是他们习见的乡村，可我完全目瞪口呆，中国的辽阔，常常有这样的好去处，大约也只有当地人知道，就像电影《路边野餐》里面的两岸青山，绕过去，绕过来，总能交手相握。

有次在梧州吃鱼生，大盘的鱼生非常洁净，在昏黄的灯光下，老板娘拿进来若干碟佐鱼生的材料。害怕有寄生虫，想出各种土办法，加大量的油、香菜，还有各种香料，古怪的迷人的不知名的物事，一小碗一小碗地拌好，像小孩玩"过家家"。这里也是城里有名的江鲜馆，并不便宜，外面是静默的西江，有时候能听到鱼跳出水面的声音，理想的一切都在这里，又都不在这里。

二

在威海吃夜宵，当地人着力推荐那种旅游化的夜市，非常痛苦，每道菜咸得吓人，无论海参、濑尿虾还是最普通的海鱼，浓墨重彩地添盐加料。周围是垃圾堆、光膀子的男人，还有觅食的猫狗，有人喜欢这种流露着市井粗暴感的情调，我是完全无感。每端上一道菜，听到说咸的抗议，老板一定反驳：这就是海水的味道。

海水的味道？我为什么不直接去游泳？

威海的饮食带有北方的粗糙,不耐心,做饭的人却是死了心,因为吃的人不太挑剔。去到著名的饺子馆吃鲅鱼饺子,并不见佳,当地人习惯用肥猪油来调馅,只觉得吃下去都是肥甘,腻嗒嗒的,且外形也肥大,显见是餐馆大妈不耐烦的流水线产品,不比潘金莲耐心等郎归来所包的三十个寸儿大小的"裹馅肉角儿"。对比之下,郎情妾意的私心食品完胜,且都是山东境内。

不过也偶见巧思。这种鱼肉饺子的馅儿丰肥,汤水多,所以有专门的瓷盆子来盛,下面是瓷箅子,漏汤到盆底,保持饺子的干燥。墨鱼饺子用墨鱼汁染面粉,里面是墨鱼肉加葱姜,白嫩。一种朴实的北方观念下的饺子,比起妖娆多姿的意大利墨鱼汁面,有另外的风骚。

去威海约一位性学家做采访,结果临时受阻,后两日过得很是郁闷。离开前打算去海边晒着太阳喝着啤酒,演出情迷地中海之类的场景,威海虽然有漫长的海岸线,但真在海边的小酒吧少得很,就差喊司机沿海岸线寻觅了。

后来终于想明白了,可以去那些冷落的海滨酒店,还不是旺季,但很多酒店也已经开门待客。那些酒店的餐厅厨子，做道最家常的炸海蛎子总没有多少问题。

斜坡上的酒店，面对着大海的餐厅，没有人的午后，处处露着故作豪华的寒酸，头顶的金漆剥离，墙壁上白皮掉落，可是只要看海就够了，当地的啤酒努力去较劲青岛，又浓又厚，像一堵墙，躲不开。

酒店的厨师虽然手法平庸，可毕竟是海边人，最普通的蛎黄炸得香浓不已。北方海边的人民似乎不注重生吃海蛎，一定是熟后食用，要么是豆腐汤，要么就是炸，裹上厚厚的面包屑，咬上去，还是稀软的，颇为色情的快意。一口啤酒一口炸物，感觉身体被充满，然后，又是新一轮慢慢流逝。

威海的小餐馆几乎不想进去，都是社区餐馆性质。只看到一家心动了下——百货大楼旁边的小餐馆，铝合金的门窗，老实得简直会闷死人的装修，突然在窗户的下沿，用白纸黑字写了两个本店特色菜：一个是鲅鱼丸子汤，没有把鲅鱼做成习见的饺子馅儿，就说明了厨子的心气；另一个是茴香里脊，也不是常见菜，用这种细碎的香料植物，与瘦肉组合，倒像是颇有追求。这么可怜巴巴地张扬着，却没有多少路人看见，被周围的高楼大厦掩盖。厨子的希望很可能会破灭，我到底也没去吃这道茴香里脊。

我想象中的茴香里脊，是炸得微焦，撒上细碎的茴香做调料，类似罗勒。可是按照威海的口味，很可能是一盘浓厚的烧物，没吃，也许是对的。

还是景德镇比较可靠。被朋友领进一家废弃的化工厂，餐馆藏在老楼上，上面只写了"工作餐"三个字做招牌，里面却是齐整的装修，妄图引起反讽似的惊喜，其实也是老套路。大家只是默然面对餐桌周围大量的茅台酒瓶子和葡萄酒的木塞。这家最贵的菜，是三杯鸡——我暴露了自己的孤陋寡闻，本以为三杯鸡是台菜，才明白是赣菜，后来流传至台湾。也对，米酒本来是当地土产，一杯米酒一杯酱油一杯麻油，然后在小灶的砂锅里咕嘟着，到时候，根本不用再添加什么九层塔，一定就有霸道的滋味。

每块鸡肉，都活生生妖孽般诱人，是童年过年时才有的菜。

这家的厨师也是情怀党，有什么吃什么，不让另外点菜。因为是跟着大佬去，菜格外地丰盛：一道清炒猪肝，另外加了白菜梗和少量韭菜，格调一下子复杂起来；用腌肉和甲鱼红烧，每块裙边都滴着肥猪油，又一道浓墨重彩。不过这是江西人系统里喜欢的浓,感觉是夏日傍晚烧红了天空的霞,明知道明日闷热,当此时此刻,尽管享受。

厨师有颗不甘寂寞的心,每个菜都着意,无论是鱼还是肉,一律精心烹饪。小地方的饭菜,当然是荤腥伟大,但最贪吃的,还是当地的蔬菜。有道瓠子,我以为是老黄瓜,又绵软又芳香,加上蒜末,想起在托斯卡纳某家酒庄,就炸瓠子片儿和南瓜花下酒,非常芳香的当地菜,直接感觉到土壤的气息。不过在这里,这道菜却是酒足饭饱后的配菜,未免太没有名分,只是孤注一掷地好吃。

也有例外。景德镇的老菜式,并不一定分清荤素,而是用辣椒阵法,所有主菜,均加青椒红椒和蒜末,扔进菜油锅里爆炒。被带去吃一家"老妈头",意思是妈妈家的菜,无论牛肉、鱼、瘦肉还是黄瓜,包括白菜,都是一样的炒法,热火朝天地端上桌。但是这地段太古怪了,在一家待拆迁的旧楼里,旁边的邻居都是孤独寂寞的老人,显然在这里生无可恋地活着,只有他家,鲜花着锦、烈火烹油地过着日子。虽然生意好,可是房间什么装修都没有,只有塑料板凳和木头桌子,连墙上挂张画都欠奉,也不知道是不是生意太好不需要的缘故。

可是真没见过这样的无陈设,就像随时随地准备搬家一样,完全不装修,寒酸,狼狈,决绝,又有点悍然之气。

默默吃完了一碗饭,又一碗,再添一碗,打捞那些寒酸菜碗里的鱼肉渣和牛肉片吃。饭菜里是最夯实的生活,说不上多好吃,却也热火朝天地吃着。但,如果多年后想起来,这种平淡的饮食,就像你家楼下闹热不堪的菜市场门口那个山东人愤怒中摊出来的额外加了黄酱的鸡蛋煎饼。

没有传奇的上海老派餐馆

贾樟柯大约是讨厌上海及其背后的资本力量的。在《山河故人》里,没有露面的上海后妈用刻意并且做作的沪语介绍着上海的一切,有种软绵绵却锋利地用牙齿撕扯着肉干的感觉,很厉害。拖长的后妈腔里,转瞬就过去的"姆妈在老吉士定了座位",实在是经典。

一般的外地居民不太有机会知道"老吉士",除非是老饕。也不知道几时开始,即使是本地人,要预订天平路的"老吉士"也需要碰运气,这里转眼间就成了香港名流和老底子的上海人的最爱。去年秋天去的,到早了,怕因为去晚被店员拒绝就餐,一点不敢迟到。在附近花娇柳媚的小街道上溜达,人造的艳色,充满了各种精致A货的小商店,说情调也可,说是上海的努力也行。在这一堆店面里,"老吉士"也和谐,充满了做张做致的情调,让人想起了小说《繁花》里的那种餐馆,老服务员眼光锐利，能一眼就看出吃客社会地位的高低。

但是也还好，不太会刻意对人逢迎。领班是位说娴熟上海话的中年人，不知怎么的，总带着些餐馆的气息，只能在这个小世界做他的主人。

窄小的两层红砖楼里，阳光被遮挡得一丝不见。七七八八堆了十多张桌子，满坑满谷，不顾面子，但是又适当有间距，表明着人体的距离感。城市的餐厅是这样，具有基本的体面，像是高楼里的邻居，点头、交往的时候，眼底眉梢全是对方的穿着和家底。

梁家辉就坐在我们旁边一桌，似乎也没有受到特殊待遇。他闲散地靠楼梯扶手坐着，也没个人去合影。

贾樟柯肯定也是一眼就看出了餐厅的调门，电影里才会点题。

规定了吃饭时间，只有一个半小时——是的，就是这么傲慢滑稽，所以加快点菜，醉鸡是要的，葱烧鸦片鱼头也是必须有的，还有番茄冬瓜扁尖汤。典型的上海菜，甚至是落后几年的上海菜。与外界隔绝，关起门来做自己的道场。

这点反而给餐厅加分，表明自己有态度，并没有那么追逐时髦。但是也有轻微的时髦在，因为鸦片鱼头这

嘉年瑞喜
乙未曦

种菜，是曾经风靡过上海弄堂的家常菜，忽喇喇全出现了，又没了，只有在这里还留存，宛如改良旗袍的一角儿，飘飘然的绸缎光还在。扁尖冬瓜也是上海家常菜，加了点番茄，多了点出其不意的清香，本来应该是苦夏的一道菜，现在却是全年售卖，好端端地过日子，变成了招揽——几乎所有以上海家常菜为主打的店里，都有这道菜。醉鸡是不错，按照老派的绍兴做法，应该是放许多黄酒，完全被闷住的浓郁，可这家并没有，还是有鸡的香味，显示这是一个城市的章法，弄堂主妇的菜肴，更精打细算，也更反对铺张。

上海被日本占领期间，有家报纸有一个家庭主妇开设的专栏，每天记载花了多少钱，做了几道菜，几年如一日，别无他事。过日子被上升到某种重大的地步。

上海是有这种老派餐馆的。因为开埠地时间并不太长，没有古董可以卖弄，也并没有明清传家菜谱来显示章法，索性也就简单起来，扎实地过日子。前些年有个香港大叔来上海开餐馆，坚决说自己的熏鱼做法是用三条小黄鱼从李鸿章家厨手上换来的，大家也就姑妄听之，生意并没有爆好，除了有些报社记者写了几篇吃请稿件之外。

所以，去到真正的老派上海菜餐馆，真没有传奇。老锦江饭店的楼上，藏在里面的老夜上海，走进去，桌布是一种软塌塌的红，看上去洗过很多遍，仍然是过日子感。

菜也平淡无奇，甚至淡到了简单的地步。比如糖醋排条，外面的餐馆一定是浓油炸过，然后浓墨重彩，他家却偏清淡；油爆虾也偏于淡，一吃，却都是精选的材料，明显比外面的花哨菜肴要高一个档次。点菜的经理，尽管被外界盛赞为老克勒感，可是在我看来，也就是些经年已久的服务员，穿的西服都有些油烟气了。不过他推荐的油煎馄饨是好吃。另外一个大光头，精明得像股票市场上大批群众里的领头人，能一眼就看出吃饭人的胃口和需要，该推荐蟹粉的时候，绝对不会手软。

这种感觉，不是老克勒，倒是老市井。恍惚几十年外界的革命、战争，还有纷纷扬扬的各种口号都被这里的软帏幔和红木家具阻挡住了，只有姚莉冰清玉洁地在这里唱着。别处的上海风情是演出来的，这里，是过出来的。

其实，古老的南市倒真有一些老上海餐馆。如果要追溯上海老城区的历史，无疑应该去城隍庙和十六铺码头。可是城隍庙是那样一个旅游的所在,完全只见一个个的人头,没有可吃之物;十六铺则衰败得缓慢,轮船没了还有轮渡,轮渡也衰竭了,但是本地人还在那里过日子。

多年前,和一个上海本地人兴致勃勃去寻找过126终点站附近的一家餐馆。他是那种时髦人,要把各种新老时髦翻开来细细翻检的,那天是浑身的蓝,蓝西装,蓝匡威,外加蓝领带。这家餐馆虽然已经有一百多年历史,却已经破到顶点,粗糙的塑料桌布,金属扶手的楼梯被砸出了坑。点的菜不记得了,只记得有道川糟汤,把各种材料用糟卤腌制了,包括肉片、鱼片,然后氽在汤里——明明是氽也粗暴地写成川。可是好喝极了,细腻无比的糟香,肉片有点肥,漂在汤里,顽固地显示着自己的存在。

替代不了的缠绵

十九世纪中叶,美国使团第一次来中国,去到天朝在广州指定给他们驻扎的区域里。闷热不堪的环境,外加各种亚热带常见的蟑螂臭虫,使得他们对中国充满了厌倦。散布在珠江三角洲的美食也没有拯救他们,反而让他们觉得是一堆软烂、肮脏,散发着各种气味的古怪菜肴,简直需要挣扎求生。于是那个阶段,无论是大使还是随行人员,都在日记里愤愤不平地埋怨天朝饮食是噩梦一场。

直到有经验的谈判大臣耆英出现。美国人始终在广州城外,没有机会见识中国的饮食之光。老道的清朝官员耆英决定用正规的宴席来贿赂美国使团的心。那是美国使团第一次吃到中国宴会,被满席的客气所震撼,按照他们的描绘,中国人是用筷子直接夹东西送到他们嘴里——我怀疑这是一种游客式的极度夸张,再殷勤也不可能有这种事情发生。

除了一大堆稀奇古怪的食物，上来的大餐还有燕窝、鸭子和海参。这是当时广东地区上档次的酒楼必备的菜品。燕窝席有规定的制式，最后一道菜是炖成胶状的燕窝，那是一道主菜。燕窝在当时肯定不像现在局限于女明星的补品范围这么小。美国人困惑于这种黏稠、糊涂的物质，但是又不敢不吃；海参有同样的命运，软塌塌，黏糊糊，完全不像美国的高档食物牛排那样，一刀能鲜明地切出血水来，肉是肉，汁液是汁液。

美国人完全不懂中国人热爱这种食物的理由，在他们的观念里，这种暧昧的食物，完全没有令人去吃的动力。可是，他们忽视了一点，在遍尝美食的中国人看来，吃燕窝、海参，以及现在已经不那么流行的鱼翅，除了常说的保养壮阳之类冠冕堂皇兼稀里糊涂的理由之外，还因为一种奇妙的质感。这种质感坚韧不拔，经过耐心处理，能够带来格外有趣的咀嚼感，其中口感的无穷变化，是一般菜肴所不具备的。平时的蔬菜或者肉类，口感或脆或面，或松或紧，或硬或软，都不具备这几种特殊食物的胶质感。当然你可以说，这些特点，猪蹄或蹄筋同样具备。但是，海参那种耐咀嚼同时与口腔恋爱的绵软感觉，哪里是一只蹄筋能够取代的？

海参与燕窝这种质地的东西,能带给口腔的性高潮是长期的。也难怪中国人觉得这些玩意儿能壮阳。

随着时间的推移,关于食物的质感的美妙感受,不再被目前的餐饮体系所推崇,而关于口腔快感的体验,也被局限于味觉,比如辣,比如香,而非口感。只有潮汕,包括潮汕辐射的港澳台以及新加坡,顽固地保留下来一点遗迹。老北京的翅子锅、燕窝席,早就不见踪影。

一方面也是要求政治正确。燕窝、鱼翅都不再是主流食品,吃这些的人很容易被漫画化——香港电影里的黑社会大佬,杀完人,大口捞鱼翅吃。

去潮汕,大家总是强调各种夜市上的鱼饭,和就白粥的花样繁多的杂咸。只有我,念念不忘海参和花胶,这两种食物,都不属于政治不正确的范畴,还顽固地保留在潮汕人的食谱中。冬天的菜场上,有寒酸的切胶人,帮那些白皙美貌的潮汕妇人切不太值钱的普通花胶,回家用冰糖蒸服,据说有养颜功效。

那些花胶并不贵重,最便宜的,只要一百多元一斤,拿来当日常补品非常合适。切花胶的机器有点像爆米花机,简陋实用。一种古老的职业,作为民间习俗顽固地保留下来,并不用谁来呼吁。老潮汕就这点有趣,

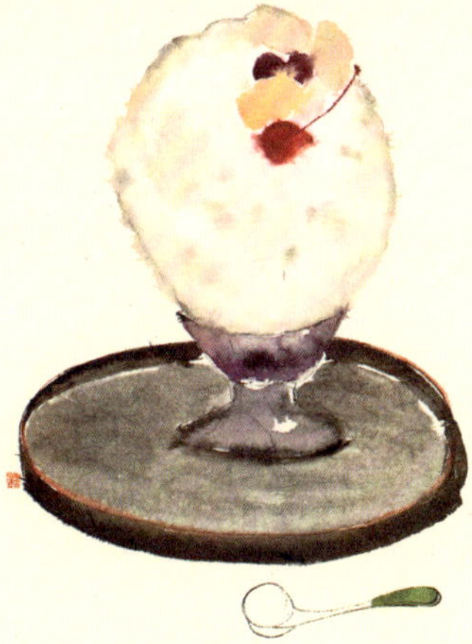

各种习俗，只要和吃和补有关，就能坚持留存，有时候感觉几百年都如此。

看过一本老中医陈存仁写的民国轶事，里面记载民国时期的大佬保养秘籍。说美男子汪精卫天天吃花胶，据说除皱有奇效，结果后来吃得整个胃部积攒了大量不能消化的胶质。现在想来，应该和汪的广东出身有关，在广东人的食谱中，花胶就是日常饮食。

我在酒楼吃了外面浇热油里面是高汤慢慢炖熟的猪婆参，吃了用西红柿调味的微酸的花胶，沉浸在大吃大喝的豪客幻想里。可是真的吃到令自己满足的那盏花胶，还是很出乎意料的。

汕头有家传奇的大师店，绝非媒体上天天出来说潮汕菜的那种大师。这位大师发明了不少佳肴，比如普宁豆酱焗蟹，比如脆皮猪婆海参，但是他只开小餐馆。我们去吃的这家餐馆，躲在一个小区里面，不注意根本看不到，小，却干净，有桌布和油画，大约是潮汕人心目中的雅洁。只有几桌，没有菜单，口述菜名的女服务员面色淡然，像是黑暗中浮现的一朵花，整个与汕头街头混乱到不堪的环境恰成对比，倒让吃客有点惴惴起来。

大众点评网上，关于这家餐厅，只有三条点评，不过每条一千多字，像作文，简直是膜拜者作文，纷纷盛赞这位隐藏于世的大师的作品。

号称大师好酒好朗诵，可以背诵大段的屠格涅夫，不是俗气的人。看菜单，完全不明所以，简直就不是想让你看懂的。那单子实际上是厨房存量的货单：比如花雕醉大闸蟹，后面写了四，说明还剩四只；一道要花费四个小时做成的甜品糕烧白果，只写了一，当然赶紧点上；普宁豆酱炸豆腐这种家常菜，在这里也只写了十，原来，豆腐是他家自己炸的，产量有限。

按照规矩，每位需要点一个燕鲍翅参肚这样的豪菜。一般很容易会认为是老板赚钱的手段，后来我猜测，大师是地道的潮汕习惯，觉得非如此大菜不能展现自己的烹饪手段，所以要求顾客一定要点，古老中国的一点遗迹。点了青橄榄炖花胶，第一口就愣住了，怎么这么好吃？

花胶糯软，却还有韧劲。难怪厨师追求到最后，会对口感着迷。这不是一种容易对付的食材，必须用复杂的手法泡之发之，然后再用自己熟悉的味觉系统巩固它，让一种没有味道的食材，在妙手之下，焕发出生命力。

青橄榄的涩去掉了花胶的腥，两者汇合成一种清香高雅的味觉,就像是雨中园林靠墙的丁香花,完全是人间事物,可你不能觉得它是。

中国食物的好,各种变化,完全是国画里的云山雾罩。

前两天在北京一家新开的日料店吃刺身拼盘。我吃日料一贯不喜欢这种大店,总觉得各种食材都能对付的厨师不是好厨师,最好的厨师应该是有专项的。可朋友推荐来吃,也不好拒绝。

这位厨师是五星级酒店出来的行政总厨,有种华丽的饭店风。拼盘里有鳌虾、龙虾、牡丹虾和北极甜虾各种,一般人可能觉得实惠,吃了后才发现,这几种虾的口感各有奥妙:龙虾是一种甜软的韧劲;鳌虾是傲慢的贵族,对你冰着脸,可骨子里还是鲜美的;牡丹虾一般是炸天妇罗的好材料,用在这里,却有了乖巧的劲头,咬下去,欲断不断,缠绵不去;甜虾显然不是超市里那种货色,完全是柔媚乖巧的小妮子,可以无休止地鬼混下去。食物的口感层次,在这个简单的拼盘里展露无遗。后来才知道,这位大厨也是个扬扬得意的手艺卖弄者,这家店,是给懂吃的人来的。

寻找一种可能性的茶食

从前在一家混乱的公司兼职过,时不时碰到债主上门讨钱。有次一个债主厉害,雇用了一个苏州老年妇女上门讨债,显然不走强硬路线,而是进门就哭倒在地,以示自己的苦楚,旁边还堆着她清早从苏州买来的"黄天源",饱满的一大盒,是早期赶火车前的准备。讨钱讨到有礼有兵,非常有章法。

也算旧时风范。

我不是南方人,完全不知道"黄天源"在江湖上的地位。初次尝到,一味觉得甜,外加猪油的冷腻,妙处并不清晰。那是第一次去苏州,刚下火车,从老旧的火车站挤上拥挤的 2 路公共汽车,就被人偷了卡片照相机。那应该是在汽车还没开进老苏州城门之一的齐门的短暂瞬间,说起来也应是团伙作战,并不出奇,估计几十年来这团伙就那么存在着,专门盯外地来的寿头。只是彼时我还是穷学生，满腔的苦也无处说，更觉得闹猛不堪的观前街无有好处。

那时候观前街还没有改造，满坑满谷的人，全部的夜宵摊都流行一种小吃，就是碗底放满了韭菜和豆芽，然后浇上热的汤面，蔚为大观。后来街道改造，这种食物在苏州彻底消失了。哪怕向老苏州打听，也不清楚，只觉得我在发痴梦。也确实像梦，走来走去，满街都是摊贩热情伸出来的半碗豆芽菜，就算苏州当时寒素，也不致如此。以至于直到今天我还在怀疑自己的记忆。

至于老字号"黄天源""采芝斋"之流，也是满街人群麻木而不自知的吃的所在。各种蜜饯糕团，丰满到不堪的地步。我也没耐心尝，只是随大流买了薄荷猪油糕，只觉得腻，一种特有的白腻，像苏州娘姨的皮肤。

沈从文解放初期受批判，到苏州观察街头人群，发现满街都在吃着这斋那斋，细碎地嗑着瓜子。心情沮丧的他极度愤怒。苏州这些琐屑的吃食，要是没有耐心，基本上可视之为绝缘体。

第一次知道"黄天源"的好，还是从日本回国。和果子那么缤纷多彩，按季节不断更替，相比之下，只有苏州的"黄天源"还可以与之抗衡一阵。和果子的一大

皆得福慧

癸巳七月寫盤中鮮鮮　林曦

功能就是做茶食，就着苦口的浓郁抹茶，用那甜压住那苦，双方在口腔调情。春天的盐渍樱花，点缀在和果子上面，细小的一点，显得那么挣扎；夏天的柑橘，黄色全部被摘取出来，做成大块糖食。日本的和果子系统，是他们程序化的浮世绘，点缀生命的空洞。

苏州的"黄天源"却是热闹而俗世的，就像中国人过日子，什么虚空和痛苦都要用食物来填满，并非单纯为茶而备，而是功能多样，充斥着人生的各种状态。也是按照季节更迭，空口吃也好，用作茶食也行。大约是1949年后，大家多了求实惠的心态，所有的食物一味地大，非常饱满，让你到手后觉得凭空占了便宜。

比如春天的酒酿饼，烘得热热的出炉，拿在手上像个小香炉，褐色的外皮，香炉里面却是实在的基础的食物，猪油外加酒糟的馅心，粗枝大叶的精美，像落难的人的食品，依稀追得上阔的渊源；还有炒肉团子，一种点心的奇观，用瘦肉切丁，和黄花木耳天目山笋片炒成馅料，点缀一点虾仁，包进糯米团子中，吃的时候，会在上面浇一种卤汁，是夏天的妙馔。大约用来补充夏季容易失去的盐分，比鲜肉月饼之类多了细巧的部分，可是完全不知道，这么精致的馅心，藏在那坨状物中丝毫不显，用意何在。

同类的还有炒肉面，用同样的料加在阔面里，那面和苏州别的面也不同，先用冷水撩过。因为外面都是柜台，只有熟人才能找到藏在最里面的吃面的房间，专门在大厦后面开辟出一间脏而阔大的屋子，用于堂吃点心，像是阔人家招待穷亲戚的所在，也像轿夫吃饭的地方，就是不讲究。可是那面，却是一味细致着，有着破落人间的精微感。

这种老食品店，还没有学会日本的精致化，粗拙地经营着。虽然已经非国营老店，被老板承包，可是大家跟老板久了，也有感情，一起齐心协力地过日子。也不知道这种兴奋的劲头从哪里来，反正就是那样过着。最艰难的时日，像"三反""五反"，像"文革"，像下岗时代，也都混过来了。现在都觉得只有更好，其实也就是一代代在柜台后面忙碌。

整个店堂里大量柜面出租，只有少数几个柜台属于本店。可是你马上就能分清谁才是"黄天源"的老店员——全都是能吃能做的苏州女人，精明又精密，甚是眼高于顶，一眼能看出谁是懂行者谁是外地游客凑热闹。不断对游客啧啧不耐烦着，你报出三种食物名字，她瞬间已经全部拿好，催促着你报下一种，长年专业生出的骄傲。如果对付本地老客人，则是一种亲热的不耐烦，哦，玫瑰猪油糕还剩两块，正好，全部给你。

出租的柜台则不同，显然更热情。最显眼的"黄天源"招牌下面的柜台也是出租的，一群愣而热情的苏北男女，常年做鲜肉月饼的生意，一边也受这里苏州阿姨的鄙视，因为她们觉得承包给外面的柜台贪婪而粗糙，不是基本的生活态度。两边常年展开眼风的小战争，也不知道胜负。

一直觉得苏州最像日本的京都，城市格局像，对待生活的悠闲态度也像，就吃这点上，尤其。"黄天源"的糕团虽然大，可是也按照季节更替物产：春天去昆山的农村找来麦草，榨出青汁，热腾腾地滤出豆沙，做成青团子；然后是神仙糕，也是糯米食物；六月则是绿豆糕、薄荷糕和各种米糕，闹哄哄的，那么热的天，也不忘记满足大家的胃，中国人总能为吃找到借口；秋天是重阳糕，各种花朵的形状；最后是冬天的团子。

近年喝茶多，四处寻觅茶食，发现了"黄天源"。大概是中国最好的茶食，米香和茶香不冲突，虽然里面不免有些猪油，可要是喝了一下午单枞，倒是很需要一块饱满芳香的薄荷糕，来填补自己不期而至的空虚感。

柜台里面的人满足地过日子，外面的人也凑热闹，一大早就有来排队的，尤其是春节。"四大名旦"糕团，说起来热闹，也就是猪油年糕、八宝饭、酒酿圆子和白糖年糕，都是糯米白糖的混合食物，却做出了细致的花样。比如猪油年糕是要裹了蛋液在油锅里炸的，白糖年糕要切小块，和酒酿圆子一起煮，甜腻到了不堪，却是年初一必须食用的食物，外界再怎么风云变幻，苏州人总能借这糕团过上个年。

我只喜欢他们的八宝饭，小块，一蒸一小碗，比起上海的"王家沙""沈大成"和"杏花楼"都小了许多，却是非常细致扎实，有种乡下人家过年的感动。馅料特别饱满，细沙、果仁，外加蜜枣，全部都是精心挑选的，是过年的桌上，我父亲的最爱。

这种聚精会神的过日子，应该是农业社会几代同堂的产物。老的老，小的小，全部兴奋地挤在房间里。甜食是最好的填充物，像填鸭，也像麻醉剂，年轻的时候并不稀罕，可是人，总有需要麻醉自己的刹那。

第二回

情切切寒夜饮酒方知醉
意绵绵异域吃粉才得魂

第一碗白鲞红炖天堂肉,
第二碗油煎鱼儿扑鼻香,
第三碗香芹蘑菇炖豆腐,
第四碗白菜香干炒千张,
第五碗酱烧胡桃浓又浓,
第六碗酱油花椒醉花生。
白饭一碗酒一杯,
桌上筷子又一双。

——《桑园访妻》

北京温暖了流浪异乡人的胃

从前北京广泛分布有城中村,刘震云的小说中最擅长写这些角落。城中村里的人在各个不同聚集地穿梭,演绎灰扑扑的人生,躲藏在这个巨大城市的阴影里,简直是卡拉瓦乔寥寥几笔勾出的躲在画面最暗沉处的卑微生存。也说不上好坏,开个小餐馆就是生计,有河南人做烩面的,有新疆人做拉条子拌面的,也有山西人辛勤地每日刀削——那是还没有流行丑陋的刀削机器人的年代。

近年城市改造加快,北京主城区里的城中村越来越少,遍地开花的"杭州小笼包""沙县小吃"都和原产地没什么关系,基本属于生拉硬扯的亲戚,尴尬地存在着,完全不属于城中村里散发着温燥之气的乡亲饮食系统。

去杭州那么多次,却只吃过一次小笼包,可见在当地并不流行。不过那个小笼包在杭州倒也出名，开在欢场附近，安徽人开的。每到夜间 12 点正是营业高峰，几个说着乡下方言的大叔奋力和面搅馅，包出龙眼大小的包子，各种穿着轻薄纱裙的小女生在寒夜里出来吃夜宵，披着假皮草，或者用羽绒服裹住自己，有种同样轻薄的滑稽感。因为太不像日常饮食，包包子的不像，食客也不像。我只记得那夜里蒸包子的腾腾热气，喧嚣的、寒薄的气体，在夜空里弥漫不去。

没有了城中村，各种乡土食物就在城市里隐藏了起来，就像穿着土气的乡亲不太好意思上街闲逛一样，只有借助各种美食节目的流行偶尔露面。最近流行的"重庆小面"就完全是《舌尖上的中国》的副产品，北京现在至少有上万家了吧？不管是不是碱水面，也不管那碗红油合格与否，都挂了牌子，就像是偶尔流行过的松糕鞋，瞬间不见，又瞬间满大街，实在是丑，但是因为流行，也昂然地抛头露面。

近年北京忽然多了各种市场，茶叶市场、建材市场，外加服装市场，蓬勃发展，灰扑扑地开在各个奇怪的城乡接合部所在，结果那些以往消失的乡土食物，突然都有了重生土壤。上马连道逛茶叶市场，总会去那里的几家福建餐馆吃饭。全国做茶叶生意的，80%是福建人；而福建人中，又以闽东居多，所以马连道附近的餐厅，以闽东人的口味为重，装修简陋到不行，可是吃得好。

每次和朋友吹牛说，我吃过全京城最豪华的沙县小吃，大家都瞪大双眼，觉得我在痴人说梦。可是，这家沙县小吃真是豪华，近百张桌子摆在院落里，尤其是夏天，无边地蔓延开去，很多福建乡亲，说着他们的方言，旁若无人地吃着喝着，应酬了白天的生意，夜，属于他们自己。

巨大的冷菜柜台，里面有卤笋、卤豆腐和大肠，那油腻的白色猪油还附着在大肠上，一吃，却甚是美，熟稔的家常感。有荔枝肉，也有各种小海鲜，哪里像一般沙县小吃只有寥寥无几的肉饼汤和花生酱拌面，小海鲜都是当天从福建空运来的，蛏子肥美，花蛤无沙。无他，马连道茶城里面的福建人多为吃客，大家懂得什么是福建菜，自然是挑剔的，所以老板不能不地道。

每次都是冷菜数道，海鲜数道，简直像宴席，完全打破了一般沙县小吃的格局。最终基本都拿一盘福建炒米粉做主食，和在福建当地的小城餐馆吃饭的次序一致。旁边还有家"福鼎海鲜"。别的不说,有道野生紫菜鱼丸汤,每次都点。那鱼丸比起福州几家老字号的也不差,外面是经过无数次捶打的筋道的鱼肉,里面是鲜肉馅,据说也是当天用飞机从福建运来。老家人的手艺,加上野生紫菜的鲜香,小吃被衬托成了一道名贵的大菜,充满海洋的腥鲜之气的大菜。

不过这里卖的价钱也并不贵,毕竟吃客们都是知道根底的家乡人,赚的钱也是安分守己的基本的利润。几百个人每晚在夜宵摊上,共同构成了一曲巨大的"乡愁交响曲",但是在这里并没有人说怀念家乡的话,都是最平凡的生意人,在北京做着一点自己能做的生意,没有那么凄凉,倒是朴实无华。

市声是哄闹着、流动着的所谓时代洪流,个人命运裹挟在其中,飞得或高或低,全凭运气,是真正的大时代。

夏天天气凉爽,户外有种特殊的惬意感,来这里的人更多:北京人来点烤串拍黄瓜的,对海鲜完全置之不理;旁边一桌河南人显然是贪图便宜来吃饭的,要西红柿鸡蛋汤,我都替厨师的手艺惋惜,可是服务员还是面不改色地接单——这就是身在他乡的生存能力。

各个建材城附近，花样也多。做建材的，多福建广东人，建材店旁做玉石生意的，则为河南人，所以那附近的小餐厅，也是以他们的口味为基本诉求。北京建材城庞大，也就把周围都辐射成了自己的附属地，一个小家装中心附近，说不定就有两三家小潮汕餐馆、三四家河南小店。因为都是乡亲店，所以完全省略了一切花哨的招数，有几家都叫"潮汕餐馆"这个名字，前面连定语都没有。

常去的一家，还真地道。老板在门口支起炉灶，专门现拉肠粉，和我们在汕头街头所见的小抽屉拉肠粉没什么两样。

那年去到汕头，深夜在街上觅食，看见大批学生仔聚集在肠粉摊前，摊主忙碌到根本不想解释有什么品类的肠粉。近百个小抽屉依次拉开关上，颇有大炼钢铁时代热火朝天的气息。我非常茫然地跟随着点了——鲜香的米浆裹着少量瘦肉，那点肉，简直是魂魄，非常少，气若游丝，却让吃那米粉外皮的理由充足了许多。

与汕头相比，北京的肠粉摊可没那么忙，无人排队。大约这里的知音不够多，我们点了两客牛肉肠粉，壮硕的潮汕人模样的老板非常开心地忙碌起来，先摊米浆到小抽屉里，然后加蛋浆加嫩牛肉，一丝不苟。这肠粉里有心意，那牛肉也是汕头街头的数倍，当然价格也贵了几番。吃客和老板，难得电光火石地瞬间对了眼，操作者就是希望你满足——当然满足，无论是米浆外皮的润滑度，还是满口嫩牛肉的饱满感。我是吃完了郑重谢谢。

这种餐馆，开在这种脏乱的地方，不是知情人，也不太会来。也是因为点菜的多是本地乡亲，大厨在后面忙碌地做普宁豆酱炒芥菜、酸梅酱蒸小海鱼，前面的戴眼镜的账房在那里悠闲地泡凤凰单枞，和在潮汕本地所见没什么不同，不过这里却是异乡，一个他们毫不了解，也似乎没有多少兴趣了解的异乡。趁年轻，在外面多闯闯，老了再做打算，尽于此。

照顾前台的是位能干的潮汕女人，染着黄发，一边切着猪尾鹅翅的卤水，一边准确地算账，对偶尔来访的北京食客的好奇心予以冷淡而礼貌的回答：对的，这是猪尾，很肥；这是番薯糖水，很甜，我们常吃。那番薯糖水熬得近乎浓稠，和潮汕当地的清淡完全两样，也不知道是他家特点，还是因为要适应北京人的重口味？

也有脱离各种茶城、建材市场的孤独的存在。有次在望京地区发现一家泸州的街边小餐馆,完全在北京的旧居民区里面,估计就是租金便宜,格局却像四川小城那些居民区的餐厅——里面是排列得十分粗糙的桌子,外面有煮面的煤球炉子,要吃燃面,或者干墩面,在餐馆外面就可以解决。寒冷的北方少见这种格局,显然是家乡的习惯在起作用。加上周围小区的陈旧,几乎怀疑自己是重回了四川的那座温暖小城。

来帮衬的不完全是老乡,有很多北京人,也可能川菜接受度高,所以流行。可是菜,居然是十分地道的、并不流行于北京的家乡川菜:麻辣兔丁里是新鲜的兔肉,真不知道怎么运来的;活水鱼嫩滑可口,似乎看得见一丝鱼肉里的血迹,没有完全烫熟,可是入口却又是完美地嫩;血皮菜炒猪肝是离开四川乡镇就难以吃到的美味,外加撒了大量花椒末和白糖的四川凉面,简直是在泸州老城,半夜时分,听江水缓慢呼吸,坐在街边吃平实川菜的享受。真不知道这小老板怎么就流落在了这里,安然地做着自己的家乡口味——完全是一个当代的传奇。

各种人,在这里找到了自己顽固的家乡感。穿着夹克的小老板和他们形迹可疑的女人们,带着自己家的老猫出来游荡的北京老人,还有我们这种钻头觅缝寻找美味的讨厌客人,都安然地坐了下来。

我们不说驻京办的故事,固然现在它们被整顿了,可是那里面还是有官场气,那种菜肴体系里面,有表演的气质,也有造作的心,远不如这些市场附近的小餐厅,或热闹,或明媚,温暖了漂泊在京城的小商贩们的胃,也温暖了我这种饕客的心。

深夜街头,且将人生一饮而尽

  那些在北方冬夜里温暖人心的小酒馆,是值得被记录下来的。

  在兰州旅行的时候,最喜欢是那儿食物的高古。一家家挂着蓝布棉帘的小店,没有店招,唯一的文字,就是简陋匾额上面用毛笔书写的"小酒馆"招牌,不装腔不作态,明丽爽朗。我当时也不知道被什么法术禁足,始终没有走进去,想起来很是后悔。到底里面喝什么酒?如果是白酒,所搭菜肴是不是古老的腿骨牛肉?——这也是一种高古食品,吃完牛肉,要把骨头称重退回店家,可以减免价钱的。

  简直是古龙小说里风尘仆仆的侠客必到的场所。

  现在北京工作的地儿附近,不仅有奇葩的摆满各种油画框的菜市场——据说是新派艺术家最喜欢的场所,还有为数众多的日式小酒馆。

在日本的时候，最喜欢去的，就是繁华街道附近的居酒屋。无论是银座附近，还是锦市场附近，藏身于楼上的居酒屋都是最佳解乏场所。日本场地昂贵，很多居酒屋只能隐藏在通过电梯和狭窄通道才能进去的小空间里，却一点不失繁花似锦的室内气息。走进去，换上木屐，无辜如动画片中的姑娘睁大双眼，一顿一顿地听我要一杯名叫"美男子"的清酒。或者一发狠心，要杯大吟酿，外加几种生鱼片、一碟纳豆，牛肉被切成薄片，热热地烤了上来，秋葵瘫软在山药泥里，和酒吞下，就是一场很能解除人生困惑的休息。

最喜欢的一家，在往锦市场走的路边小道上，所有的酱油汁里都加了大量的柚子汁，平添了芳香。

我的日本翻译总是对我说，日本人很安静，我们也要注意安静。在地铁里，常常说话大声也被瞪眼，可是在晚上的居酒屋，这条禁令似乎是被废除了。隔离的小木门只能挡住放浪的举动，根本挡不住阵阵声浪，各种尖声大笑，日本式的整齐的起哄，很多是公司白领聚会，要不就是学生的狂欢。有一次最严重，简直觉得木门会被爆炸般的声浪掀倒，可是始终不见其倒下。完全是日本式的隔离方式，我的长了两颗长虎牙的干瘦的日本女翻译也只能阵阵苦笑。

北京的日料,往往是混杂的,什么都有,既有居酒屋的简素,又有烤肉店的繁琐,外加专门做牛肉料理的各类大菜,基本上是各式日料店的叠加。单位附近的这些单纯的日料小店,倒是很难碰到:一大堆不事装饰的日料小店,完全就解决人的基本问题。有点回到日本的暗谲,刚发现的时候,欢欣鼓舞得不得了。

遵照日本惯例,一家集中一种主题,有烧肉,有鱼生。有家天妇罗小店,破败得不成样子,完全是想象中的北方小饭馆的格局。一个类似货架的木头柜子上面堆满了清酒,也不用心陈设,基本就是北方餐馆堆满二锅头和雪碧的柜子的模样。

要了杯热的"松竹梅",就直接用电磁炉加热,当着你的面,大铁锅里面蒸酒盅,简直是粗鄙。可是细看,墙壁上却有尊龙、梁家辉和店主人的合影,真不知道他们怎么找到这里来的。

上了菠菜培根,这时候觉到了店主的高明——菠菜碧绿,培根鲜红,都是恰到好处的境地,于是期待招牌天妇罗。女店家人到中年,肃穆的一张脸,未见得多么招顾客喜欢,命令式的口吻,端上来,就说快吃。那天妇罗的萝卜泥是刚做好的，和天妇罗汁混合出一种奇特的芳香，挂在薄薄的海老上，又酥又软又甜又香。各种质地的蔬菜：香菇的绵软、青椒的酷香、茄子的弹性、洋葱的异味……奇异地让我想起在日本涩谷的一家名店吃到的纳豆天妇罗。食物的姿态，往往就是主人对食物的心意，这家店，主人爱食物。

去得多了，才发现他家的鸡素烧也好。一人份的大堆的白菜魔芋葱段上面，放几片多肥油的牛肉片，专门的鸡素烧汁甜而软，慢慢咕嘟到肉熟菜香，拿出来，蘸生鸡蛋，当降温处理，也增加滑嫩感，一种令人产生满足感的冬天的食物。一口清酒，一口牛肉，外面是北京零下十度的雾霾天气，好菜简直有催泪效果，此时不求催情，只求感动。

另外一家，是烤肉串好。也是四张桌子，小到不能坐一堆人，也对，小酒馆就是寂寞的天下，应该是边喝酒边木然地把眼神抛向天空。我身边桌旁坐着的一个消瘦的女人，干练的黑西装，镇定自若地吃了几串五花肉，一只硕大而肥腻的三文鱼头，外加一碗拉面，然后掏出一支烟，袅娜地抽着。是电影《浮云》里寂寞无依的高峰秀子，突然有了笔额外的收入，来饱餐一顿。

暗香粥

落梅瓣。以綿包之。候煮粥下花。再一滾。

当然是我多想,"二战"后的那种孤独感,是现在生活在琐屑中的我们无法感知的。

他家还烤猪颈肉和猪肝。猪肝是大方块的切法,不比粤地猪肝粥,将猪肝切得菲薄,然后在粥里烫熟的那种爽利,而是憨厚地慢烤。外皮焦香了,里面也熟软了,有种酱猪肝的口感,分明又有新鲜度在,最适合一杯酒,一块肝。

还有家拉面为主打的店,好吃的是为数不多的烤鱼:一夜干的鱿鱼、饱满的多春鱼、酱汁满涂烧烤后如同古物的青花鱼,还有烧过的肥甘的三文鱼,每种都适合纵酒,梅酒也能配合,清酒也将就,大口大口泡沫细腻的啤酒,也能助长吃鱼肉的兴致。来的都是西装松懈的中年人,偶有一个年轻的职场面孔,卷入到这种深夜纵酒的队伍中,明亮,干净,像是黑暗的油画背景里浮现出来的一朵白色的毛茛,幽然。不知道等待他的未来是什么。

日本流行这种居酒屋,一大原因就是职业压力。辛苦了整日的职场中人,到了夜间,身体放松下来,然后是心,彻底地平静,变成了一摊;第二天打满鸡血再上班。这经过了精密计算的国度,少给人溢出的可能性。

北京的这几家日料店,是忙碌的人的依托,晚上不管如何地靠上去,回家后总有松软的睡眠。

　　北京本地因为气候寒冷,越到冬天,关门越早,往往找不到一家合适的小店饮酒作乐。有次路过老城区的一家酱牛肉店,隔着明亮的灯火,只看到一张张桌子的两边,坐着寂寞的夫妻、苦闷的朋友、相识不久的恋人,面对着酱牛肉、杂碎汤,还有馨香的烧饼,是另一种酒馆图画,应该慢慢去体味。

红灯区附近的饮食

上海从没有那么日新月异过，可从来也是那么顽固地保留着某些固定之物。

半夜在上海的小酒店饿得半死，可是这家位于虹桥的新开的酒店并没有吃的。性冷淡的装修风，走进去，就是宽阔的大堂，木桌子上放着几台苹果电脑以显示高贵——新晋中产阶级的最爱，这点实在是抓住了一个晋升中的阶层的心理。酒店的餐厅还没考虑好走哪个方向，所以没有开张，即使有，午夜十二点也应该奉行关门主义。

过去在县城住酒店，往往会走到前台，纠缠那些脸蛋红扑扑的县城姑娘——都是县城里精挑细选出来的能干俊俏的好姑娘：附近哪家餐馆好吃？你说好吃的肯定好吃，你是本地人嘛。我不要吃麻辣烫啊，你再推荐吧。你们没有美食街嘛？在性冷淡装修风的酒店里，这一切应该都不管用，只能靠自己出门去找食。结果，一看大众点评网，大惊失色，很多临近的餐厅要到半夜三点才关门，完全不懂。

走上街头，初冬的冷风一吹，微涩的，让人瞬间清醒了。街道两旁那些浓红惨绿的灯光里，全是三五成群的短裙女孩儿，染着发，缩着脖子，在找吃的。

我进了一家苏州羊肉店。上海的苏州羊肉店，少有不用藏书镇做招牌的，很多就直书"藏书羊肉"。不过，这个距离不过一百公里的地方，上海人却去得不够多，所以也就不辨真假。里面出租司机和本地小公司员工聚餐为多。切一盆白切羊肉，再来个大蒜炒羊杂，格外多情的傍晚——南方人吃羊肉一向觉得壮阳，所以有点粗俗感，热烈、迟钝的喝多了黄酒的上海中年男人，搂着自己的外地女人，和同伴滔滔不绝地谈论着家庭问题和情感问题，也是常见景致。

大概此街巷的人也不甚挑剔，所以不用"藏书"为招徕。吃了碗素面，白切了一盘羊肝羊肉混合体，期望不高，也不觉得难吃，南方羊肉有特殊的细密香味。没吃完，几位刚从夜场出来的青年男子闯进门来，一个面容浮肿，另一个却是精致漂亮的脸孔，挂着金链，像

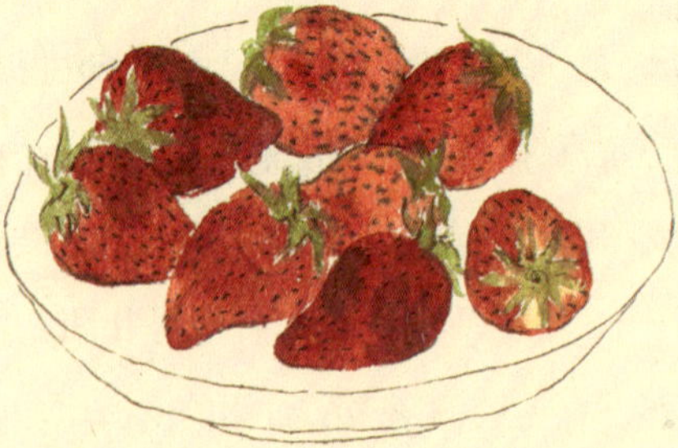

是跟着西门大官人混欢场的家丁玳安。两个人，也不看人，坐下来就要一个羊肉锅，要辣汤。正在白切羊肉的中年人面不改色，也不管苏州羊汤有没有这个套路，直招呼他们坐下，忙不迭地擦桌子。既然要三点关门，那么现在才是中场，也难怪毫无倦色。

隔壁一家"重庆小面"，同样是开到三点，按照大众点评网某位小女子一惊一乍的说法，是上海最好吃的重庆小面馆。我完全被这个广告词吸引，那碗羊汤面剩了一半，特意过来再吃碗鸡杂面。最普通的味觉系统，却是料猛，新鲜热辣。女店家对于十二点上门的来客毫无好奇心，从厨房探出头来，规规矩矩询问要什么面，多少辣度。她长了张重庆人的面孔，白皙清秀，染了发。面碗很小，上面漂着青菜和鸡胗，是一碗冬夜能消寒的面食。

店面非常局促，和隔壁店共用一个玻璃门。旁边这家是吃山东饺子的，人倒是很多。从这些地域性的饮食，能看出这条街的从业人员来自五湖四海——"我们都是来自五湖四海，为了一个共同的革命目标"，宏大的话语，用在这里，实在是很凄寒。

想起台湾菜里有一路酒家菜，很多集中在我常去的温泉北投附近。因为周边烟花场所过多，越吃越精致软烂，炸花枝、砂锅鸭子、烤乌鱼子，大佬一边吃着，酒家女一边喂食着。也许根本没有这种画面，只是各顾各地吃着喝着，暗夜里，各自有明确的目标与欲望，你索我取。当然，桌上的食物还是滚烫的，热闹的，充满人间气息的，是后厨做的最真实的舞台道具，从不出错。

对面是家上海连锁的"友联生煎"，倒是深夜关门。大约生煎有点过于饱满，不适合夜里半梦半醒的胃口。可是也难说，因为楼上就开着洞子口"张记火锅"，一群群女孩子挤在滑腻肮脏的楼道里往上爬。也许是火锅这种生猛的气息，能让人多些生活的梦想？

第二天早上，爬起来吃了生煎。最街巷的早餐店，并不高明，但肉馅和面的基本味道，吃着让人有安全感。窗口等生煎的中年上海男人，和里面负责煮面的苏北女孩子开着极其无聊的玩笑，简直都属于不屑于重复的基本笑料，可是他说了一遍又一遍，估计也是没多少幽默感的人，于是，大家都照常笑了。

这些饮食摊，讲究的不是美味，而是耐心。尤其是熬到半夜三点关门的小店，店家看着那些面色上泛滥着油光的男人女人，喂饱他们的胃，也短暂安抚他们的心。真是慢慢都能修炼成活菩萨，参透世情。

　　后来去福州路云南路一带，突然想到，《海上花列传》里的花国君子们就在这里出没，一百多年前此处也该是酒楼密布。不过花也怜侬似乎没有过多描写她们的酒菜，写来写去，就是一家提供外卖的"聚丰园"。她们时常会从"聚丰园"叫几道菜，大约也是他吃过几百遍的熟悉饮食，几乎没耐心重复，总是缺乏具体的菜名，常见的只有虾仁炒面。这道点心，现在上海几乎很少有做，虾仁两面黄倒还有，也不知道有没有联系。

　　再就是赵二宝初到上海偷开门户做生意，那时候大概缺使唤的小厮，于是让游手好闲的哥哥去买夜宵——赵朴斋几乎是《海上花列传》里最倒霉的嫖客，别人都没有他嫖得那么失魂落魄，只有他人财两空；轮到他服务，买个点心都买得窝囊极了，拿了碗买了双档，汤汤水水，根本不适合刚刚春宵一度的大少爷和花国君子们食用，难怪被自己妹妹娇嗔。

　　那时候上海的饮食似乎极为便宜，赵朴斋拿点小钱，就可以去酒店里买条小黄鱼，炒个小菜，喝一两黄酒，完全超过现在很多服务人员的享受。后期的他，夜夜吃妹妹酒席上的剩菜，喝个半死，也真是醉生梦死的青楼版。古书里写青楼故事少有写到龟公的，难得的一笔。

现在云南中路的小吃还算精致，不过邻近福州路的花国老宅几乎被拆了个干净，上海一向是所谓的日新月异，拆起来毫不留情。本来这片区域有点像香港的上环，旁边的淮海路类似中环。云南路金陵路还有福州路的老街里聚集着各种老店和市井故事，并不婉转，有大城市的蛮横气质，也龌龊，可那种脏却是活泼的，并不让人厌恶，就像杀鸡宰鸭的菜市场，水一冲都能过去。但是突然拆掉，就什么都没有了。

说来奇怪，这里虽是名小吃街，并没有多少外地游客。下午两三点，各家小吃店里还聚满了人，本地人无所事事地吃着喝着，也许是老顾客，从远的地方来，也许是周围居民，就地解馋。他们吃"小绍兴"的白切鸡，蘸料特意写上没有任何添加剂，血汤底下总埋着大块鲜嫩的鸡肝；还吃"鲜得来"的排骨年糕，甜酸味的大排骨是上海的媚态；吃"德兴馆"的辣肉面，辣肉又滑又嫩，颇有点名厨的风范，并不像小店辣得那么生猛粗糙；吃"大壶春"的生煎，甩那些一大坨死肉的新派生煎一条街——"大壶春"的虾仁都是现剥的。这些餐馆，聚集在此，已经把自己进化成了历史，积攒了满店堂的风流遗迹，却并不浓墨重彩地强调，因为吃客和店家心里都知道，味道就该是这样的。

这一带若是能像香港的上环那样长久留存就好了，老店林立，安然度世，与邻居的城市高楼不离不弃相互交往，构成完整的城市传说。

突然想起来，很多年前去重庆，住在川美附近。那时候重庆还没改造过，整个街区，包括七层楼，被美术学院的学生画满了涂鸦，梦幻得像是乌托邦。那个地方叫黄桷坪，有很多枝繁叶茂的大树，这些树和涂鸦墙壁，外加旁边一个古老的散发着尿骚气味的茶馆，构成了魔幻空间，加上夜深还在这片空间里各种拍摄短片的学生们，几乎怀疑自己不在尘世。

学校附近有片特别凄惨的平房，是唯一一片与整个城市融合的建筑物，因为拆了一半，看上去简直是违章建筑。每间都孤立，屋顶上满是杂草，里面均有盏红色的灯，凄凉无比。灯下一个个薄纱女子晃动着，形迹可疑，有些在屋子里，有些静默地坐在门口，简直是聊斋的意境。

可是这片建筑实在是摇摇欲坠，不能让人产生任何欲望，真不知道除了最熟的客，还有谁会来这儿嫖。我们也是饿了，在附近找吃的。后来找到家专门吃冷锅串串的，鸡肉香得很，也是凑着那点红灯带来的古怪暖意，吃了个饱。

如何在 Pho 里解决人生困惑

巴黎吃的第一顿越南河粉，在歌剧院附近。走累了，看到并不熟悉的招牌，最显眼的是一碗热气蒸腾的汤；走进去，仅可容身，显然就是这类店的格局。狭窄的厨房窗口，一张窄小的越南面孔，经历了多年的漂泊与生根，已经完全与祖地断绝了联系，满面只有迷惘和厌世，可是做出来的河粉，却还是真味。

没有什么比越南河粉更简单的食物了。一碗热汤，把稀薄的纸一样的粉烫进去，外加迅速烫熟的牛肉片、牛肚，和已经煮得半熟的牛腩和牛肉丸，然后烫进去豆芽，浇上碎末的小红辣椒。罗勒和薄荷叶更是占据了主角的位置，常常多到你不敢把它全加进汤里，外加使劲儿挤出来的青柠汁，这碗充满力量感的粉就成了，这是典型的西贡米粉的做法。

可吃完总还觉得饿，大概米食不饱北方人的胃口。

有年在贵州出差,一日三餐都是粉,各种。花溪牛肉粉是各种牛肚牛杂的混合物,辣子鸡粉上面则是几块看不分明的鸡身体的部分,都极其美味,可是吃完就饿,饥肠辘辘地饿,仔细想来,应该是米食消化快的缘故。越南河粉还好,大概有牛肉汤打底,我每次都是贪婪喝完所有的汤——混杂着牛骨的坚硬和薄荷青草的迷幻气息的汤,一点不像南方人慢炖几小时的产物,仍然层次分明,但是,也好喝,挤满了南国的生命——在太阳下面奄奄一息,转眼抬头又蔓延的生命。

歌剧院附近这家却是粉多汤少,也许是适应法国人当正餐吃的缘故?一碗粉配一碟春卷,外加最后的水牛奶酪,前菜、主食和饭后甜点都全了。我因为长途跋涉,坐下来当是休息,并不着急埋头大吃,看着边上满脸雀斑的女大学生,正和小男友嘟囔着什么,像是《两小无猜》里面的玛丽·歌迪昂。另外一桌却是奇异,细眼盘面,开始以为是蒙古人,后来细听口音,啊,朝鲜,居然碰到几位朝鲜人。

女人穿着板式的红西装,端庄,有着一丝有背景的骄矜,并不因为在资本主义腹地就感觉有什么不妥;男人是两位,旧西装,不合体,诸种不合适甚至让人错愕的外表。后来听他们说话，外加神态，方知道来自朝鲜，而不是邻近的韩国。为什么来这家小店吃饭？按照我们的猜测，不是一举一动，都需要严格遵守规则吗？

上次看全智贤和河正宇的《柏林》，只感觉朝鲜外交人员的战战兢兢，处境如人走在破碎冰面上，丝毫不能出错。

不过身边的人们却似乎并没有那么紧张。同样有板有眼地说着话，在遥远的异乡，就觉得都是巴黎混杂的移民潮流里的浪花。巴黎，越来越变得五方杂处，食物也是，人也是。这是巴黎的伟大，也是它的好，雨果小说里那种单纯的好。

想来也是因为河粉便宜，一顿热气腾腾的晚餐，不过十欧元左右，比正式餐厅的晚餐要便宜一半以上。流落江湖的旅客，去到远方的异族人，当然，还有大批借此怀乡的越南乡亲，都能最终汇集在这里。

越南河粉的起源据说复杂。一说来自中国华侨，毕竟和广东的新会米粉有类似之处；另一说来自法国，因为汤底是洋葱和牛肉，牛骨慢炖而成，类似法国的牛尾汤，不像广东一带习惯在汤底中加大地鱼干。不过种种食物传说，追根溯源，无外是政治因果和人世流转，细究，也是枉然。毫无疑问，Pho借助七十年代越南难民的大规模迁移，变成了一种半世界性食品，在西方和东方世界都屡见不鲜。

如果看湄公河这个流域，就会发现，类似的食品并不少见。整个流域的方便食品似乎都和粉有关，有细窄的，也有宽厚的，一律用半冷不热的汤，缓慢烫熟，也是因为炎热的气候，并不讲究热汤热食，温凉之间即可。烫熟后加肉末、酸菜、各种哨子，当然越是大城市越多种类。我一直开玩笑，管昆明叫"东南亚之大都会"，这里的米线帽子就有十余种，光是瘦肉，就有脆有烂。记得在昆明吃米线，经常被那里的脆哨弄糊涂，不知道是什么，明了后愈发喜欢——外壳坚硬的炸得酥香的小猪肉块，是米粉汤里拯救肚肠的恩情，最让人感觉饱满，比漂浮的肉末要可靠。

添加的米粉帽子往湄公河流域进发，逐渐被缩减了种类，甚至只有一种肉末，或猪或牛不定。但是青菜是一定有的，各种罗勒、豆芽和薄荷，一大盘，从不吝惜，大概这就是当地人补充维生素的最好方式——从天与地之间，生长出来的自然食用法则。

越南偏牛肉，老挝和缅甸偏猪肉，大约还是更穷，

杏酪

熟杏仁以熟水泡加爐灰一撮入水候冷即捏去皮清水漂淨再量入清水如磨豆腐法帶水磨碎用絹帶榨汁去渣以汁入鍋煮熟時入蒸粉少許加白糖霜熱噉麻酪亦如此法

牛肉在那里是贵重的食材。有年去佤邦，在偏僻的小镇上，看到长相如天罡地煞的成群结队的山里人，胡子也都有一尺多长，很少修剪，嘻嘻哈哈，在一大片收割过的稻田里烧火做饭。看外表不敢接近，听他们的口音，却还是温和的。这些人显然常走这条路，赶牛去中缅边境走私，因为在中国，牛肉可以卖更好的价格，自己舍不得杀。

在越南和老挝的小菜场吃米粉，肉肯定不是主角，菜是。汤不热，端上来的一大盆青菜完全觉得烫不熟。那些耐得住咀嚼的大量的薄荷，散发着浓烈土地气息的九层塔，还有生腥味儿的豆芽，都在盘中不屈服、倔强地直立着，只能放弃。看当地人却都吃得津津有味。后来醒悟，他们应该是用桌上的鱼露和辣椒加以调味，每口都在补充丰富的维生素。完事后，一杯满足的滴漏咖啡，一天的庶民早餐，结束。

西贡最著名的 Pho 餐馆也是如此。大量的摩托客，匆忙地来，心满意足地吃，光脚散发着水汽和泥地的肮脏。一个城市的风光无限，其实都在这些人身上。之所以记得，是因为我的胖翻译，足足250斤，每天早上非如此不可，穿着破拖鞋，露着脚——我越觉得不能往那里看，越忍不住要看，憋死——一股越南横客的架子，可是说起话来，满是南国的嘟囔。他精通咖啡，和别的食客不同的地方，就是别人喝普通咖啡，唯独他，喝猫屎咖啡，那时猫屎咖啡在国内还不流行，他给我上了一课。

法国的越南河粉已经成了主流，门店多到类似北京的螺蛳粉吧。不过螺蛳粉虽属本国系统，但在北京尚未落地生根，漂浮在表面；河粉在巴黎已经很扎实，由越南难民的二代或三代经营，不大的店面，朴素而温和的面孔，也有温州人鸠占鹊巢，贩售似是而非的越南米粉，但也是温顺的脸，比起他们国内的乡亲，简直可以用迟钝两字来形容。

自从发现河粉的美味后，开始满大街找。后来发现最简单的办法是用SIRI，马上把附近的河粉店导航出来。误入一家法式小清新越南餐厅，里面几个男服务员英俊如模特，宽肩、细腰，服务也是殷勤有礼。遗憾的是，牛肉丸大如婴儿拳头，汤头也丝毫不鲜美，并非美味，只能看服务员和餐厅里精巧的植物陈设取乐。殖民地食物，有此翻身，当庆贺一下，就和肉夹馍进军纽约差不多。

包菜、花生酱及偷情

看韩少功的《山南水北》，最羡慕的是他自己种菜吃的"耐烦"之心。看他一年的蔬菜收成实在不错，十余种，一家人吃起来是饱足的。他选择居住的汨罗江畔我只是轻浮掠过，印象中没有山，也不知道他定居的山在哪里，只有烟雾一样的绿树，缓慢而沉重的白鹭，将绿树当作背景飞。那条著名的江浅而清，没有烟火气。那里种出来的包菜一定好吃。

有本书叫《素菜治百病》，提及包菜是清肝壮阳的首选菜。我从前只在红菜汤里爱吃它，软，懒散，上面有点番茄形成的红油。浓重油腻的"红房子"、悄无人迹的"凯司令"，那些没落而顽固存在的上海人的西餐厅总有这道菜。真是上海人的：三十多岁满面油哈气的男人，同样苍老却还打扮着的女人，一起倦怠而满足地带着考试成绩不错的女儿去吃饭的地方，不过他们叫罗宋汤，因为是当年穷白俄瘪三留下来的遗迹——这个城市大概就这么点白俄遗迹了吧？

上海人管茄子叫落苏，也怪异得很。

在湖南第一次吃到了手撕包菜，新鲜白亮的绿色，即使到油里火里去走了一回，还不肯掉去，一如湖南女人的性子。配菜的青辣椒也在争宠，包菜是不规则的手撕无误，青椒却是精致的菱形片，带着白色芬芳的筋，几乎每家饭馆都有，也都一样地好吃。手工业时代的操作却有着近乎精美的流水线结果。我想是湖南人摸透了包菜的个性，它需要的就是一点挂在身体上的颜色（酱油给的）、一点味道（辣椒给的）、一点尊重（被漫不经心地撕开总胜于整齐机械地切开）。

湖南的天气真是不好，闷且湿热。北京人这几年爱说"桑拿天"，其实他们哪里懂得什么是桑拿天，要过了长江，才能感觉到那种气息——似乎是进了一个阳气暴烈的蒸笼，一切升腾而起，陡然地让人没有了脾气。汗水是把衣服都弄得贴在胸背上为止的，难怪湖南的男人不穿上衣的居多。大街上走着一两个壮实的乡下少年，黑而粗的脸，无理地追打，在炎热湿润、脏水塘似的街道上，像一个夏天的梦，说不出是美丽抑或是恐怖。

湖南女人蛮横而泼辣，只有她们做得出手撕包菜这种生机勃勃的蔬菜。想起马王堆汉墓的辛追复原像，虽然美化了很多，肯定有几分神似，特别是脸上的神色，高颧骨，凛然有杀气。看看他们留下来的绘画就明白了，根本就是非洲岩画，有几分像马蒂斯的后期作品，点滴淌着蜜一样的光泽。

北京的餐馆，稍微正式点的就土，不如街边小店那么由衷地畅快。可是手撕包菜只有这种土气而装潢崭新的地方有，局促的整体气息，大概从外地学了些菜回来，表示自己也能接待四方来客，也是个场面上的地方。其实菜名就表示了他们的虚心——北京人管包菜叫洋白菜。可惜，手撕包菜在这里被蹂躏了几遍：首先不是撕开的，而是简略地排列在盘子里，层层叠叠，洒上些酱醋；因为不会做，唯一的信念就是保持菜的美观，堆在那里缺油少盐的，这道菜简直就是个穿惨白婚纱的新娘尸体，因为惨白，算不上艳尸。

其实北京市井小店的虾皮炒洋白菜是好吃的，两者都有点甜香，配合到一起，不逊于湖南的那道名菜。不要脸的大饭店把这道菜学去，改名虾米包菜。去一家号称北京"金领店"的餐厅，店员劝点的时候，总是说，点吧，家里做不出这味儿。怎么做不出？谁家没锅没油没虾皮？这道七十八元的昂贵蔬菜，专门给那些如水泥墙般装潢自己的"白骨精"吃，倒是相得益彰，她们的胃口和趣味都是改造过的。

花生酱的境遇完全不同。包菜适合粗吃，可是花生酱却适合精细地咀嚼，用花生酱抹面包，或是直接挖花生酱吃，最粗胚了——大概只有彪悍的美国人爱这样。

杜杜说张爱玲意识到吃的严重，在书中往往只有夫妻才能同台吃饭，偷情者的吃都没有好下场——真是聪明的发现。例如王娇蕊，从开始就吃个不停，切下火腿肥的部分给丈夫吃，然后拿着琥珀桃仁卖弄风情，又喊新的潜在勾引者帮她塌花生酱——但就是没和振保一起吃成饭，塌花生酱的时候也是她自己在吃，可见他们的爱情凶多吉少。电影里的陈冲已经完全没有上海女人味，但是她要振保帮她塌花生酱的时候，还是有种生硬的媚态。

上海人不知道为什么那么爱吃花生酱。夏天家家卖蒸制的冷面，上面居然洒的也是稀释的花生酱。第一次吃我完全愣了——在外滩附近的一家小餐馆，估摸不是开给游客的，就是那种少生意的本地人的店，有几个中年人在漠然地吃。其实也不难吃，就是平淡一些，很索然，感觉是吃了完全不可吃的东西，例如嚼了报纸，白喇喇地空虚。

冷面实在不是一种美味的食物，但是在上海，这么非理性的饮食之地，一切都昂然下去，弄得我到了北京满街找芝麻酱凉面吃。有次去当年尚未倒闭的北剧场看戏，和一个不太熟悉的女人看戏前随便吃饭。她高个子，有北方女人的快乐和寡淡。犹豫了一下，就把她吃了一半的芝麻酱凉面吃了，面不改色，实在是好久没吃了。她大概觉得我在追求她，也就没说什么。她一直在和人闹恋爱事件——有阵子完全不工作地闹，所以很容易想到那方面去。

上海繁荣的花生酱把芝麻酱排挤得完全没了踪影，要在大超市里才能找到。要么就在一些古怪的地方才能找到，家人甚至转了两次汽车去康定路一个菜场买。有次从北京坐飞机，随便往包里装了两瓶芝麻酱，安检的时候，那个满脸晦气的女人看着这玩意儿就生气，但是也没让我开盖检查，大概她也嫌麻烦。我庆幸没有，当时空落落的旅行包，就装了它们和两件白衬衫。

吃真是重大的事情，不过现在过于丰衣足食，没人再那般看重这种仪式。我们往往是和偷情者的吃喝次数多于和名正言顺的那个人。偷情偷得好，吃起来也分外骁勇。好像莫言写过爷爷和奶奶最初相识的那几天，在床上的生活——吃都是利用性交间歇，所以吃得快，多，猛烈。偷情不好，当然吃得也索然。大仲马的小说里，火枪手去找吝啬的老情妇借钱，亲热之后，她把一只瘦得皮包骨的母鸡做成汤，然后仅仅撕下一只翅膀给他。这么黑色幽默的饭局，只有包小情人的老女人和老男人才能做到。

新婚夫妇的胖，当然也是因为性和食物的双重刺激。鲁本斯的画里，人人皆肥。看《十五至十八世纪的物质文明、经济和资本主义》，当年欧洲最发达的地方荷兰是吃的集散地，资产阶级肯定比封建领主吃得少而普通，但是胃口一定更放肆——灵魂自由的缘故。

其实张爱玲也写过非婚者的饭局。《阿小悲秋》里的哥尔达，虽然长得像块半熟牛排，吃起来还是毫不动摇，约女人吃饭总是那么几道菜，对面吃饭的女人全都是鱼水之欢。细想想，四十年代上海的风流男人还是比我们现代人有礼仪，上床前至少还有顿常规饮食。现在的 419 却几乎不沾饮食的边，来了就做，做完快走人，成为无数人的原则。哪里还有得吃？大概只有性太满足，期待第二次的，才会鬼祟地笑容满面地去吃。

要么就是凄凉版。找不到性伴侣的老男人为了延迟小伴侣的跑路，请他尽量多吃点，《荒人手记》里写过。

另一场非婚饭局是曼桢和世钧最后的晚餐。前面那么多次同桌都不算，始终有外人，他家或她家的家里人总在旁边，嘈杂的，拥挤的。可以想象张爱玲看待婚姻的态度——即使两人成亲，大概也还是一样杂乱，热闹而无趣，就像中国古画里的行乐图，看着和实现着，都乏味而捱时间，花哨而破败。人最少的时候，他们吃饭也是三个人，在小说开始的地方反复出现，证实恋爱期吃不是主调。恋爱中的人大概是饱满的，成天食也不知道味，就算在厨房中堆满了调味品，真正吃的还是爱人的身体和气息。可是世钧和曼桢甚至连这样的机会都没有。

到了真正没干扰的时候，这餐饭，已经有"我们回不去了"的招牌在那里，吃了什么也就根本无从谈起。

暗黑微沉的北地甜蜜

春节吃到了闻喜煮饼。

其实闻名久矣,久得隔了一个世纪,是属于我上个世纪的嬉游。那时候去山西游荡,还是煤炭价格没落的年代,一路烟霭沉沉,沿偏僻的路线走,都是各种凋敝的城市,唯一遇见的大城是大同。云冈石窟里的石头人儿被各种煤烟熏得像参加化装舞会,还有许多被割掉了头颅的身子,也是乌鸦式的黑,黑中带有蓝,因此亮。整个城市无味到了顶点,全是军营和平房,老旧的街道屋檐上满是野草,北方平民化的凄凉,走几步会蹿出个妇人,叽叽嘎嘎数落孩子。

也禁不起外面的寒气,没多少工夫就溜回家了。

陈醋之外,简直没有特产可言。突然在一家店的灰蒙蒙的玻璃柜子里看到闻喜煮饼的盒子,红的绿的金的,九十年代廉价的喜兴劲儿,也完全没有买来吃的欲望，看看就走。

煮饼的名字古怪，所以有了印象，后来真怪自己，为什么不买来尝？饼是如何煮来？宋代的煮饼应该是面条。这盒子里的煮饼是稀烂软香，抑或是干爽轻快？即使后来有了百度百科，也想象不出一个圆球状的点心，为什么有这么奇怪的名字。

今年春节终于见了真面目。恨不得整个盒子都设计成金色，闻喜一个古老的食品厂出品。在那荒凉的黄土地上，过去流行点心送礼的年代，这大概就是最体面的包装，吃到嘴里，甜得让人发呆。

外面是白芝麻的皮，里面是汪着的一口蜜，吃半颗都嫌多。赤裸裸、浅白、傻不愣登的甜。吃了还是不明白这名字的由来，也没兴趣去研究来历了。实在是荒凉北方出品的点心，适合在大宅院，灯火通明全家欢地吃，满脸假笑，酷似春节联欢晚会上插播的公益广告。

北京"稻香村"横行，稠密分布在各个小区，完全是工厂化运作，并不想吃。有次在西城看到打着前店后厂招牌的"桂香春"，简直心中暗喜，密密麻麻欲望潜生了出来。看到一种黑软的点心，赫然写着煮饼，想细问来历，可是国营老店的服务员，丰容盛鬋地打扮着，斜着眼睛懒得看你,而招来的外地雇工又是怯生生地说不到重点,终究没有弄分明。

我穿着时髦大衣,自己把自己禁锢起来,在老店里冰冷地采买着,也不好故作热情地打听。

点心却比闻喜煮饼好吃很多。外面一层是薄薄的面粉壳儿,裹满了椰丝,代表了某个时代对南国的仰慕;里面是浓郁的枣泥,微苦,标示枣泥馅是自己厂家加工的基本特点。煮饼应该就是制作工艺的浓缩叫法。有很多外地进京的食品,久而久之就忘了当初来历,产生了许多改良版,椰丝的加入显示了这个特征。但又是过去年代的改良,像是农村姑娘进京当了保姆,穿了恨天高鞋子当时髦,一种定格的土气。

这家"桂香春"的枣泥点心都好,无他,唯手制尔。

有枣花酥,另一种八十年代副食品商店特色的点心;有枣泥饽饽,简直是年画产品;还有酥皮枣泥,也是一种土气复杂的食物——拿着大红的点心匣子在街道上走,整个觉得是从老舍的小说里游荡出来的人物。

郭文景写《骆驼祥子》的歌剧,根据老舍的小说改编。里面的虎妞由一个丰满、高大、阴沉的女演员扮演,出场来一场场浪笑,非常夸张;可是到了和祥子成

青脆梅

青梅。必須小滿前采。總不許犯手。此最要訣。以箸去仁篩內略乾。每梅三斤十二兩。用生甘草末四兩鹽一斤炒待冷生薑一斤四兩不見水搗碎青椒三兩旋摘晾乾紅乾椒摘淨。一齊炒拌用木匙抄入小瓶先留些鹽摻面。用雙層油紙加綿紙緊紮瓶口。

婚后，突然有了种暗黑沉重的甜蜜，在街头高声唱咏叹调："我就愿意，吃点好的，喝点好的，我爱我的北京。"这宣言直白而干净，又让人有无限的想象。

简直是新一代无业游民忠实的集体呼声。

老北京点心铺子多，多数是回民所开设，据说因为回民勤劳肯干。认真研究，其实是蒙元时期，大量穆斯林从西域往中土迁居，带来了阿拉伯世界嗜糖的习性，和北方大地面食雕琢的手艺结合，慢慢在当地生发，形成了新的点心体系。

不过多年折腾下来，所剩无几。我还买过"桂香村"，最早也是清真点心铺子，有种葡萄奶酥是特产，买了寄给远方的穆斯林朋友。可是塑料袋上无清真标志，他就拒绝食用，委屈得我恨不得拍照片验明真身，又嫌多余，想想也作罢了。

北京街头冷清处，还偶尔能看到面带惊惧的姑娘，戴头巾，推着车售卖清真点心。开始以为是附近回族县的，后来知道，很多来自青海宁夏一带，不知怎么就流荡京城，做起了这种生意。各种繁杂的面点，有的开了花，有的是厚实的一团，努力装点得漂亮，都带有北方点心的特征，大而蛮憨，就像都市里游走的这些快活的西北的灵魂。

通州的"大顺斋"也是清真点心。去了总店，空阔敞亮，柜台还是老式玻璃橱窗，售货员照旧是国营脸，八十年代的灵魂附着体，脑子里自动回响"时光倒流七十年"。他家的糖火烧，据说是民国年间，通州穆斯林朝圣麦加，携带这种点心经久不坏，因此而成名的。过多的香油、红糖，过多的芝麻酱，完全是层叠式堆积，像上帝构造的岩石。

但这种厚味不让人反感，只觉得丰满，让人想到牡丹花的繁复艳丽。不过最好吃的还是他家的枣泥馅儿点心，更苦，想象得出那些枣泥在锅里熬煮时浓稠的固态的香味儿，北方地区独有的香。

北方点心，多朴实老到，像是北方乡村那种穿着朴素的村民，没有太多的话，天高地远地活下来，面容枯槁，一点不讨喜；要是真耐心接触，还是有喜悦。山东青州有家老点心铺，朋友带蜜三刀来——第一次吃到那么令人惊喜的食物，一咬开，蜜汁流淌，简直心花怒放地甜，甜得异常丰富。清晨五点排队方能买到。后来查资料，才发现也是清真老店，几百年历史，居然还有宋代方子的梅苏锭，用梅子和紫苏做成，最能开胃。

上海饮食的陈旧语言

前几年去沪西状元楼吃饭。从前住附近的时候倒没来过,依稀记得那楼还很壮观,可现实中却微小、破败,不甘完全没落,被王家沙收购了,巨型招牌显然重新做过,还被过街天桥压在了里面,黯淡无色,更不想进去了。已经订了座位,也只能上去,一楼外卖,问几楼是包房,女营业员国营出身无疑,通俗而冷淡的脸——也许是我越来越不像上海人的缘故,只穿了件白T恤。

那包房的格局像我去过的无数县城宾馆,二十世纪九十年代的装修风格,几乎不像做生意的样子,走廊里还曲曲弯弯堆了旧家具。

楼上外地的女服务员——显然在这饭店做久了的,犹豫了瞬间,还是开了包房门,沉重的木头桌椅,还算干净,凉菜居然全是糟货,糟素鸡、糟小黄鱼、糟毛豆、糟肚、糟鸡,满桌地摆起来,回旋的主题。

想起了赵志刚在《何文秀》里面唱的白菜香干炒千张——有种无奈的家常的反复,我那时候总是不明白,都是豆制品,为什么要用香干炒千张,也许是小家做菜的简陋。也许,就是那种做法。这里的糟货也是回旋主题,虽然做法如一,吃起来,和超级市场买的不可同日而语,素鸡尤其好吃,结果走的时候又买了一份。超市也有状元楼的糟货,应该是工厂大规模加工,味道还是平淡了许多,现场吃的香气袭人到惊心动魄,估计是糟卤不同的缘故。

现在好点的餐厅全部是中心厨房制度,就是在一个类似食品厂的地方初步加工好了,再配送到各个门市部,也就是餐厅。餐厅里面的厨师不需要手艺,简单加工就好,难以提升。难怪大城市里越来越难得吃到好东西了,像状元楼这种大概是例外,国营老店做法,革新不了,反而留下了灰扑扑的朴素好吃的菜肴。

还去了德兴馆。我是处心积虑找地方吃,到了某个年纪,乐趣是越来越少,只剩下吃。油爆虾和鳝背都甜,不过还好吃,应该也是没有中心厨房制度的产物。旁边桌上的几个本地中年人,工作服,油长的头发,其中一个有点巴结另外一个,总是说,某某,今后就靠你了。其实也全是最日常的生活,看不出有多少值得羡慕的地方——可我这个异乡人还是贪恋这些。

记忆中那碗焖蹄面应该更美味,也许是吃多了,也许是话说得多,没印象中香甜。从前在附近工作,逢年节,总有大块的、上面有白色油腻的焖蹄出售,无疑是实惠的美味。本地的男人们大概知道它的好,都是附近写字楼的白领,也就不顾衣衫地举了回去,也许是家里人催逼,像张爱玲小说里不甘心买了菠菜包子回家的男人。上海就是这种老饭店还有几番招人喜爱,现在时兴的地方,全都千篇一律,像廉价整容医院出来的美女,无色相也罢了,重要的是无趣。

上回在香港铜锣湾那么红尘万丈的地方,突然看见功德林,再怎么喧闹的街头市声,似乎也没办法穿越那白纱片子做的单薄窗帘——素菜馆能给人特有的静谧感。据说是王丹凤到香港后白手起家开的,和上海的功德林没什么关系。某期好事的《大众电影》类杂志做过详细介绍,是她到香港后,和早年的一个追求者合作的产物。照片上,不仅美人老了,花花公子也老得顾不得玩华丽的表面功夫,俩人招待店面生意之余,忙里偷闲

糟油

作成甜糟十斤。麻油五斤。上鹽二斤八兩。花椒一兩拌勻。先將空瓶用麻布紮口貯甕內。後入糟封固數月後空瓶瀝滿就是糟油。甘美之甚。

在店门前拍张照，权当广告。

她甚至都没有什么复杂装束，开爿素菜馆，算是最基本的生意。其实没什么不好，买卖也成，情谊也在，一般女明星还没有这么好的收场。

当然没有进去吃，在香港，忙着吃各种粤港小吃还来不及。标榜是正宗的上海素菜，让人想起从前上海金陵路上的"觉林蔬食馆"，虽然楼下是哄乱的建材批发市场，但是楼上的老式木头窗户也有这种隔离感，能够让室内室外陡然两色。楼梯拐角有陈从周的大幅书法，赞美蔬食之美，可是也就那么随随便便挂着，颇有国营老店的风范——在某种程度上也就是大户人家。

墙上挂着商务部颁发的国家名小吃的牌子，也不招摇，虽然底子是金色，总觉得灰扑扑的——也许只是国营店的中年女服务员懒得擦灰。一楼是素面素包子，倦怠的女服务员懒洋洋地把面端上桌，然后由同样无聊的中年男人吃下去。双方维持着基本的衣食关系，可是因为是素菜馆，却让人无端地多了点想象，这戴眼镜的男人为什么下班后独自吃素？而这胖大的女服务员莫非也被迫终年茹素？

名小吃是素火腿，一片片恍如紫檀木，牙齿不好，都觉得咬不动。最早去吃的时候,总是抱着恶劣的顽童心态,猜测那些素鳝鱼是什么做的,咕咾肉又是拿什么炸的,吃了几次后发现香菇梗、豆腐皮的秘密,没什么好奇心了,反而静心吃起菜来。还记得有道叫"碧绿窗纱"的菜,用黄瓜片和竹荪做的汤,幽静得好像一口井。有年冬天,是上海少有的零下天气,在那里吃"紫檀"和"窗纱",隔着漆皮剥落的木窗,自己把自己寂寞化了。

其实这派老法的素菜已经逐渐不流行了,东南亚式的用奇香异料制作的蔬食取代了老式的"动物仿制品"。本来嘛,吃素也不是为了吃那些形似神非的东西。上海最近流行的素菜馆,打出的招牌菜也不再是那些经过复杂工序制造出来的仿真食品,而更多是简单的素虾仁,直接用超级市场买回的魔芋制作,号称最健康的食品。

虽然已彻底拆掉,可是我脑海里一直还是恋恋着这家,具体说来,是因为周围的地形复杂,走过去,就像在《海上花列传》里走了一回——从南京路地铁出发,走过福建中路复杂的晾衣竿体系,再过一个不知道为什么没拆掉的石桥,在五金店、参药店、化学染料店的末梢,就是他家的招牌。

进入黑夜的漫长旅程

　　北方冬天含而不露的冷空气下，易县那些土黄色的城墙漠然地耸立着，是当年燕上都的都城遗存，也有几千年的历史了。也许就是因为知道年纪而不忍轻看它——实在是没什么可看，和农家土墙的差别不大。一向没有中国文人处处抒发怀古幽情的传统，可看见这断崖般的残城还是愣了一下。战乱年代，即使把城池修建得再坚固，一城之人也难逃覆没的命运。还不如像现在这样，城池战场全部成了大片的玉米地，成捆的玉米堆在每家的屋顶上，等待被彻底风干，剩下的只是北方高远的蓝色天空，好像世界末日般安静。

　　生活在激越动荡年代的人，那种欠缺安全感的命运，还真不是能想象的。到最后，也无非就是死生二字了。

　　可还是有不安分的现代人，用白粉或是白漆，大字写上"刘强爱小丽"。都是最普通的留不住遐想的名字，野蛮地写出来，就有了种可怕的生命力，好像这感情也沾染上了时间的灰尘，几乎不会毁灭。其实，不过是现代的蛮荒覆盖在古代的蛮荒上罢了。

土墙下面，有一个男孩和两个女孩，穿牛仔装，像是附近的学生，在这里约会。两个女孩子连胸都没有，却仿照时髦的打扮，头发把眉毛都遮挡住了，干净的脸。我几步就爬到城墙上，上去才发现不方便下来，又穿的皮鞋。他们的说话声却传上来，大约是中学毕业了，有一个女孩子想进北京城当服务员之类的。她骄傲地仰着头，仿佛有无边的光彩在等待她。几个人跑到这废弃的城墙边怯生生地讨论着未来，莫非这是附近唯一的标志性景观？

北方小城的大饭店也有种粗率之气。晚上，首次吃到腊八蒜，上面有青铜样的锈，也像化学工业的绿毒。从前在北京一直拒绝食用，因为喝了点酒，就毫不迟疑了，感觉生吞了一段古代史。两千年前的人大概也这么吃蒜，在调料稀少的时代，醋泡蒜肯定是一种美味。这家店的蒜不够精细，上面还有根须，也面不改色地吃了下去。上次在极穷的北方人家，看见他家堆积如山的大白菜都带着有须的根，毛茸茸的，让人生出对贫寒的恐惧心。

相比之下，南方小城的晚间就容易度过。也许是气候的原因，深夜都还在外面游荡。在福州，在街头火锅店喝酒，一喝就到了夜深。迷糊中走到洗手间，好像是洗手池的水斗，宽大，白色，有着国营老厂出品的风范。想在上面洗手，水流快而猛，排走也快，不知节水为何物的属于老旧时光的东西，像是酣畅的性生活，可是上面却贴了毛笔字"呕吐池"。

　　这才发现真有呕吐的余痕，不能想，会恶心。只是还是好奇，为什么这么多人，要跑到小火锅店来呕吐？

　　有着露天花园的火锅店，夜深一点，陆续有盛装的小姐和携带着她的客人前来。刚刚降温的天气，就翻出冷艳的行头，黑色的仿兽皮围巾，是她想象中的贵妇装扮，一边冲着服务员耍威风，很是不耐烦。呕吐池和大量小姐的存在，使人想起了西子湖畔的花魁女，她似乎也是被灌多了酒，而香汗淋漓地大吐一场，因此有了《受吐》这折戏。无论是怎样风骚艳媚的身体，一旦到了大哭大吐的地步，身边的男人总是会厌倦的吧？卖油郎大约干惯了脏活累活，又对没到手的快乐存在期待，所以才如此绵缠？

　　当然是我小人。花园的寒冷从门缝里钻进来，这个南方的夜晚,已经久不如此。目鱼筒骨汤鲜的结果,是大量喝水——肯定是味精搁多,因而更增厌烦。电视广告也是奇观,先是用周华健的"最近比较烦"作伴奏,一个在马桶上遮住脸的男人进了肛肠医院;然后是"往事不要再提",一个女人去流产,还是去做处女膜?非常具有戏剧性。创意者肯定是九十年代的港台歌曲爱好者。

凌晨两点,回房间坐着,剥枇杷吃——刚从树上摘下来不过一天。昨天买的时候,拿了几个给司机——他是热带人的长相,有点猪脸的肿,一路在热风中和我说着他对社会的愤怒,忽然一笑,说:"今天刚摘下来的。"果实里,是新鲜得仿佛十六岁身体的气味。

想起了《怨女》里长三堂子出身的姨太太的"倒垂莲",可是那样的剥法要从底下抠进去,手指甲一会儿就会有黑泥似的东西,大概是枇杷蒂脏。想来从前堂子里的人闲散,剥完果实不过就是拿银三事剔指甲,快意地消耗着生命,落花流水般的枇杷皮。

小时候,江对面山里的农民也会摘野枇杷到厂区卖,小得只剩下皮和核,中间只是一点甜蜜的灵魂。他们边卖的时候边说,完全就是一点脚力钱,大山里走上四五个小时才能摘满一篮子。是没有主人之物,长在长江边云水蒸绕的地方,炎夏刚至的时候就满满一树,"不摘也就死了"。常常吃到整个指甲都染黑,要洗很久才能洗干净,一毛钱一斤,植物和人的生命同样地不值得珍惜。

  三点,和朋友电话,谈起《碧玉簪》里姚水娟的唱腔——两个女人演出的越剧,和巴洛克时代的歌剧相仿佛。这种对话仿佛是进入了多年前没有醒过来的一场梦里,枕边肯定是我的笑纹,不似现在的仓皇紊乱。

第三回

寻路歧途肉海翻出真意
探明根器酒盏做下虚情

雪地又冰天，苦守十九年。
渴饮雪，饥吞毡，牧羊北海边。
心存汉社稷，旄落犹未还，
历尽难中难，心如铁石坚。
……夜坐塞上时听笳声入耳心痛酸。

——《苏武牧羊》

追寻羊肉的美

年轻的时候，假期少，游乐项目也少。有假期偷空，就常去苏州。彼时苏州还不像现在这样美食名声笑傲江湖，只有传统的吃。各种人，各种小饭馆，不出名，无外来拥趸，聚集着本地老实的食客，吃了也不知道赞美，吃完反复再来而已，一种朴实而基本的信任感。

所以看到每家人多的餐馆都可以进门。寒冬腊月的苏州，冻得手指头疼，此时可以信赖的，往往是一碗地道的羊汤。反正苏州各地的羊肉招牌，必带"藏书"二字，当时也不懂真正的藏书镇羊肉是什么味道，就觉得鲜香，非上海街巷的羊肉汤可比。

苏州那些小餐馆多开在水巷边、市场口，并不是什么时髦的好地方。就像陆文夫的文章里所写，河边酒馆，开窗可望河流，只能就两杯寂寞的酒食。可浓稠寒夜，吃上这么一碗，很顶饥寒，浑身有了气力似的——

有次去是新年前的一天，破败的小摊上不知为什么有那么多人，簇拥着，抢着座位，吃着。

藏书羊汤并非大块羊肉一同炖熟，而是大块羊肉煮熟后捞出，白切薄片，撒在汤里，再撒青蒜苗。汤中无味，需要自己酌情加盐和胡椒粉，也有狂加味精的，那是被污染了的舌头，尝不出羊汤的本来的鲜。羊肉则是边吃边捞出来蘸甜面酱，苏州人的甜面酱，其实就是西南诸省的蘸水，一种最古老、最方便的烹饪。

也有老吃客，吃完了再来碗面，那面有了羊汤打底，免不了口舌留香。还有就着面喝黄酒的，我是不行，总觉得黄酒一定要大鱼大肉。因为夜深，只能寻访到这碗汤，这汤未免寒素，尤其是元旦前夜。改善方式，就是多要几份汤里的白切羊肉，饱足感总比别人来得多。之后和朋友找个水边的宾馆睡觉，一种特别扎实而寒酸的新年迎接方式。

后来知道了藏书镇，一直惦记着要去，直到现在都还没去。去了附近的木渎镇，吃过官派的全羊席，倒是没有藏书小馆那种喧闹的感觉。江南处理羊肉的方式也简单，红烧或者白切，基本不会涮（大城市偶尔有，号称"热气羊肉"），做馅类食物也不多，就那两味，也做出一定味道来。尤其是江南往下走的小镇，红烧羊肉往往出人意料地好。那几年总往小镇跑，再偏僻的小镇，清早的集市上都有一碗羊肉面的念想。热气腾腾的汤锅里，捞出一块粘了干红辣椒片和青蒜叶的羊肉块，偏肥，偏大，躺在素面上，那面就等于穿戴了黄金锁子甲，无端地豪华起来。

这肉按斤两称，大锅里咕嘟着，随便拿一块，一称，拿剪刀剪开。很多江南的老人，当此刻名正言顺地就老酒吃羊肉。这边的羊肉讲究湖羊，我一直没弄清楚是否就是在太湖边长大的羊。因是浓墨重彩的红烧，并没有多少膻味，往往含混地被赞美烧得好，也未必多好，就是朴实的当地材料，简单的乡村烧法。长年累月地烧制，一般餐馆都有老卤，这卤倒一点到面条里做拌面，可增浓香。

羊肉并不是本地流行菜，可在江南也是美物。有的地方吃狗肉，大约不能大张旗鼓，改叫"地羊"，用羊肉来命名，显然是说味道有羊肉之鲜美。去上海郊县，碰到殷实的主人请客，在冬天一定有这道菜，掩耳盗铃式的名字。也没有太好吃或难吃，一贯地加大量青蒜叶。席间往往有热闹的本地人劝食，又不太好意思，就是模糊地说，吃啊，吃啊，香。

江南的清真餐厅流行吃羊蹄。从前上海的浙江路附近有家清真小馆，最早还是面摊的时候我就去过，后来扩大成馆。总是热气腾腾地放着八十年代的流行音乐，《月光下的凤尾竹》什么的，估计是服务员大妈的同龄音乐。此地的畅销菜就有冷羊蹄，看上去极其瘦小，可是皮并不薄，吃起来，也有满口的冷香。后来去了北方，凡是清真餐馆，一定有系列的冷羊肉卖，除了梁实秋在《雅舍谈吃》里大声赞美的撒椒盐的薄切冷羊头肉，还有冷羊蹄。卖羊肉的大妈老是动员吃主儿拿回家再加工。尝试过，果然，一烧，分外地脂肪味儿浓。羊肉的脂肪有股子浓浓的粘连感，厚度超过了一般的动物油，可是不腻，瞬间就能化开。过去北方草原的人民冬日就用肥羊的脂肪擦脸，标准的粉光脂艳——《红楼梦》里王熙凤出场时的形容词。

　　都说北方的涮羊肉好，可是冰箱时代，一切羊肉都用机器片得菲薄，其实已经没什么意思了。北方好吃的，还是老店家的传统羊肉菜，它似蜜、葱爆羊肉。随便一家地道的北京老餐馆，尤其是清真馆子，端上来的它似蜜都基本合格，其实就是放大量糖的炒羊肉片。这道菜，大约连嗜糖的江南人听到做法都会敬谢不敏，可是真要端到面前，基本没有人可以拒绝。嫩薄的羊肉片，先用甜面酱煨好，下锅的芡汁里还要加入大量白糖，真是甜，比糖醋里脊还甜，可是天知道，羊肉真是喜甜的，加红枣加白糖加枸杞外加甜面酱，就没见它拒绝过。微妙的甜，是一种难得的上品口感，难怪总有人拿这道菜和慈禧挂钩，说是她创造出来的菜名。其实传说的背后往往是群众心理，集体无意识地觉得这道菜高贵，不是一般蔗糖加脂肪的菜的香味可以比拟，所以，连羊肉名都去掉了，就叫"它似蜜"，让你费劲思量。

但是北方似乎红烧和白切羊肉都少，也许觉得那几种菜不能展现厨师的功力。至少大餐厅供应得少，多了些奇技淫巧的菜，比如老清真店"西来顺"有道炸虎尾，用羊尾巴油和面粉，外加玫瑰花酱做成。记得看过一个美国女孩子写她在乌兹别克斯坦游历的书，里面的房东总占她便宜，动员她出钱请全家人吃羊尾巴油炒面，说是有奇香，可见这羊尾巴油不是没有来历的。

老店的炸虎尾，用了多少羊尾巴油不知道，但是也香，和玫瑰花馅儿混合在一起，有种奇异的西域幻想。其实也不用多想，这点心显然来自西域，和我们在新疆那些维吾尔人家的葡萄架下吃的油炸点心是远房亲戚，只不过这个湿润，有刚出锅的娇嫩。

羊肉脂肪高贵，这大概只有吃惯了各种动物肉的人才能领会。猪油就腻，而牛油则有股煳味儿，太过。这种脂肪，无论是切块炖汤，或是剁馅成团，均会消散于无形，但是会增加整个菜品的档次。喀什的陶瓷市场附近，有家卖羊肉的老店，人们总去排队，说是他家的最好。那家的羊，刚杀好挂出来，看上去很是肥硕，光是尾巴，简直就有几斤的架势，可以想见这大羊生前威风凛凛的样子，还真是当地独特的品种。那边的人买回家，尤其是各家小饭馆，只做简单处理，仍然挂在架子上，什么时候吃就划一刀。吃羊肉串，就是一条肉切五大块，哪里是内地城市小气巴拉的样子。我们过去，吃两串足矣，基本等于吃下去一整盘葱爆羊肉，当地的维吾尔至少五串，吃多了再用酸奶下火。吃烤包子，也就是现切一小块肥羊油加羊肉，和洋葱一起剁了，直接加在面皮里，进烤炉，那烤炉火光熊熊，颇能见出游牧民族的风格。远处就是玉龙河，出产和田玉的地方，不知疲倦的大卡车还在那里挖掘着，而这羊肉包子，已经是地方名产，就连乌鲁木齐人来了，也会一箱箱往家里带。

追寻羊之美，到了这里，总算有了个根，至少羊大。

去韩国吃生蚝

连着去韩国人聚集的京城望京地区。天冷地干,即使有薄雪,也很快就粘结成干而脏的冰块,流连在地面,令人完全没有行走在马路上的欲望。每幢楼上都是丑陋的霓虹灯,一串串,横排,依稀感觉去了韩国。因为明显现代楼宇林立,不像大东北那样多俄罗斯式窄小门窗的建筑。那是特有的北方的躲藏的寒冬,亚洲的韩国,即使寒冷,也是喧嚣的。

吃参鸡汤,吃里面暖融融的糯米饭;吃烤牛肠,看肥牛油腻嗒嗒地变成金黄色的可融化油脂;吃牛肚,厚大扭动的一块,吱吱作响,有种野蛮的乐趣;吃冷面,特制的极细的冷面,像线,也像纸片扯的,入口,却分明是筋道有趣的。旁边都是韩国人,说着我不懂的语言,有股硬朗的憨厚劲儿。去了韩国就明白,这是标准的北方人的气质,热情,但是热情背后同样是疏离和冷淡,也许因为都是现代人。

去韩国吃饭,开始有惊喜,后来就只有恐惧,永远是肉,大块的,没有变通精神。要不就是牛内脏,幸亏没有上猪或狗的,否则真容易得抑郁症,毕竟是牛,总觉得清洁些。

只能拼命吃各种泡菜和生拌菜。小餐馆,每家都还有依稀的古风,自己制作泡菜。吃到第十家的辣白菜,不禁有点赞美韩国人的泡菜精神了——每家味道都不同,绝对不是从超市买来的统一包装的货色。或者酸度高,或者辣度重,口舌生津的,魅惑的,残留在味觉系统里,难怪他们要自豪地申遗。过去对韩国也多有嘲笑,渐渐被他们那种敢于和一切斗争的精神所感染,你说是你的,好吧,就是你的吧。

一边带点世故的笑容。不争执,吃就是了。

什么都是他们的好。一位给小布什和潘基文做过茶碗的陶瓷大师傅听说我去过日本,得意地说,日本陶瓷都是抄袭我们的,嗯嗯;我们的茶最好喝,嗯嗯;我们的点心最好吃,嗯嗯。一面狼吞虎咽地吃他送上来的松花饼,真是用松花和面粉混合而成的茶点心,吃起来,有种憨厚的美感。

韩国人喝茶，不像台湾人那样小杯小碟，全是大盏，不用水洗，稍拿布擦拭，就拿出来使用，非常疏朗的风度。茶是绿茶，北方绿茶甘，也干，也就是解渴之物。

泡菜吃多了也会腻歪，哪怕是高僧亲自泡的。去通度寺，这座古老的高丽时代的寺庙，木门摇摇欲坠，壁画新老交替，美得让我昏昏欲睡。老和尚养孔雀，做陶瓷的大藏经，堆满了整个大殿。

他还做各种精致的漆屏风，是从福建学来的手艺。

也做泡菜，免费供给来寺庙里参拜的人们。那个斋堂的免费米饭，以及各种拌米饭的菜肴都不好吃，但是老和尚的泡菜一端上来，立刻就被清空。在那些陈年糙米和粗糙不堪的大宗腌菜系统里，只有他的那些菜，是干涸的泥土里开出来的娇媚玫瑰花，诱人去想念；又像《春去春又来》里的寺庙，一年四季的平静，一年四季的等待，没有变化。这种泡菜，大约是唯一能刺激神经的吧，并不刺激春情。

开始几天在韩国，一直没有吃到海鲜，大概也是一直在内陆转悠的结果。临走前，去了全罗南道的蟾津江，一路上看到的，全是漂浮的樱花。和日本那种美艳得让人哀伤的樱花不同，韩国的樱花林，更随意，更自如，一阵阵，带有山野散人的气质，并不希望你凭吊，也是著名的旅游景点，可并不凄迷。

只觉得疏朗开阔。

樱花树下，满是奇怪的贝壳类弃物，堆积着，像雕塑，也像垃圾。这是什么？问翻译。原来是生蚝的壳。这里是河流入海口，因此滋生了一种本地特产，就是巨大的生蚝。比起一般我们常见的西班牙蚝、法国蚝，这蚝要大一倍有余，壳也倍加壮观，吃完后，大约因在农村地区，不能像城市那样处理，便随意抛在路边，樱花树下，满是动物的骸骨，也有一种另外的趣味。

同去的同伴是生蚝控，看之大喜悦。我说工作在前，工作完了再说。翻译也这么强调。翻译是个年轻的女孩子，经常领韩国大佬去澳门赌博，因此有种小太妹的风度，让人不服气不行。

吃饭时间到了，翻译坚定不移地让我们去她经常去的餐馆，号称那里有一种著名的汤，才是本地特产，而生蚝不是。嘟囔着，也没办法，同伴和我只能去吃那汤。照例是满桌的青菜和泡菜，最大的碗里，是一种放在辣酱里的煎鸡蛋，颇见此餐馆的风格。无事生非，我心里嘀咕，可是也吃了，吃完居然又要了一份。真好吃

木香粥

木香花片入甘草湯灼過煮粥熟時入花再一滾清芳之至真儂供也

啊，嫩的蛋黄，配上辣酱的那股辛香，有种小户人家做了好菜之后得意扬扬卖弄的神态。

最经典的汤上来，上面撒满了韭菜，看不见下面蚬子的尸骸。开始的时候愈发失望，直到吃起来，一勺子搅在汤里，上百个幼小的蚬子簇拥在勺子里——原来是蚬子汤啊，简直是幅残酷漫画。

真鲜啊。翻译看我们的脸色，这时候才面露得色，表明自己的选择不会错。

还念念不忘生蚝。可总不能吃完一家，再进另外一家。终于在我的强烈要求下，选择了路边帐篷，没什么东西，只有烤蚝、章鱼丸子，还有就是陶土坛子里的米酒。

听说有米酒，很兴奋地要喝，可这哪里是中国式的清冽玩意儿，完全是黄土色，笨重的，发出阵阵酸味儿。想了想，启动脑子里的处理器，想明白了，应该是北方用黄米酿造的酒，也是最传统的酒类，类似于糜子酒。酸得有几分离奇，也不至于不能入口。

做游客生意，可大约平时也没有那么多游客，两位粗壮的女摊主并非熟极而流的奸诈表情，反倒是没见过什么人似的，热情地、鼓噪性地喊我们吃喝。

也许我们是外国人的缘故？两个农村妇女，一碗碗地端着土色的酸米酒上来，逼迫我俩不间断地喝，喝得晕沉沉，再吃同样土腥气息的生蚝。这大概是最没有大海气息的蚝了，可是韩国人并不在乎，照样以为，这才是真实的生蚝味。

巴掌大的蚝，吃一个就已经有饱满感，且有隐约的泥土气息。同伴不在乎，我也不在乎。

看我们吃得高兴，她们也不时憨厚地笑，北方妇女天真爽朗的笑容，在蓝天白云下，一种宣传画的美感。这表情，一下子让我想起很早以前，还是大学时代，坐绿皮火车，停留在江西某个小站。那时候，车上还没有盒饭供应，每到站就有人过来卖吃的，这个小站也不例外。两个浓妆艳抹的妇女，拎着大筐过来，满怀期待地看着每个窗口的人群。上面的人打开窗户，喧闹地让她们打开盒盖看看菜，一看里面，全是素的，不满声、谩骂声、沮丧的叹息，全都出来了——怎么全是素的呢？素的有啥好吃的。本来还有点想买，也被人群的鼓噪给震慑住了。她们奇异地一个盒饭也没卖掉。

不知道为什么，我总记得她俩。大概是年幼，画面映入脑海，再难拔出。粗糙的绿皮火车旁边，两个穿旗袍的女人，中年了，不年轻，廉价的窗帘布样的化纤料子,也是她们的好衣服了,脸上也有胭脂,还是朴实而苍老。

那些素的盒饭,一个都没有卖掉。不忍心看她们的表情,想来是极其失望的。可是,两人还是抬着大筐盒饭走向了下一班列车。

这么冷的北京的冬天,我想去蟾津江边,喝酸溜溜的酒,吃两个腥而浓烈的生蚝。

顺路找些蘑菇吃

最离奇的一次顺路找吃，是在瑞丽的机场。那时节是雨季，飞机经常晚点，晚到抑郁，晚到让人发疯。看天边的晚霞出现的时候，意识到这飞机半夜才到，于是慢悠悠地走出机场。这是云南那些尚不正规的机场之一，机场和外面的世界并没有那么明确的界限。披着霞光走出去，进机场的时候，就发现在路边的黄泥路上，有家茅草小店。

有一段爱看艾芜的《南行记》，里面充满了各种穷苦的妇人、沉默的男人，在山间，在河流边，也在奇特的马帮里艰难地求生。机场外的这家店也是如此：妇人近乎全能，炒菜，切菜，招徕客人；而男子，则沉默地抽着烟，坐在矮小的凳子上。整个窝棚近乎原始状态，竹木结构，感觉随时会被风暴吹走，可是，目前它还存在着。

当然没有菜单,锅台旁放着的菜一看即明。有盘水灵灵的黄色小蘑菇,不是牛肝菌,也不是云南遍地都是的青头菌。问女人,她也说不出名字,就是灵活地说,好吃呢。加云南官话的尾音。再问,才二十元。毫不犹豫地炒,外加一碗用肉末和青菜点缀的米线,正好度过漫长的候机时光,用不着担心会错过飞机——这么透彻的机场,这么寒酸的窝棚,任何动静,一望即知。

那盘蘑菇,有种雨后初晴的感觉。默默地吃了后,激发一股子胸中不平,这么好吃,这么动人,却甚至没人知道它的名字。

雨季来的时候,在云南漫游特别幸福。第一批菌子五月就下来了,很少人去吃,因为某种迷信、某种禁忌。人们总觉得最早出来的菌子带有土壤的燥性,在雨水还没有润透土壤时的菌子是不能吃的。第一批菌子基本上不会被食用,真正开始吃菌子,是在第二批第三批菌子上来的时候。云南很多县城不大,街上卖菌子的规模不能和昆明的相比,但是每天都有新鲜的菌子下来。

集市上有青头菌、奶浆菌,以及黑色的类似草菇的马皮泡,这些菌子,都是云南南北皆有的普通菌子。更加名贵的干巴菌、更加流行的牛肝菌和近年越来越昂贵的松茸，在海拔高一些的区域更加普遍，在云南南部很少见。但是公认的菌中之王，鸡枞，却是云南南北山地都有的菌子，常见，而且美味。

虽然名声大，鸡枞并不少见，就像大家都觉得鸡好吃，不过并不难买。买回新鲜的鸡枞，一般只有一种吃法，做汤。一般的菌类，炒食或者凉拌更加常见，凉拌是云南南部山地吃菌的特点，就像东南亚一带习惯吃青木瓜沙拉那样，比如当地的马皮泡菌。马皮泡菌黑乎乎的，外表不好看，有点像北方的草菇，云南南部山地的人习惯切片煮熟，然后再凉拌，放些小米辣椒，再放各种香草，有种清凉爽口感。可是鸡枞一般舍不得凉拌吃掉，因为它的味道太鲜美，可以让整个汤生色不少。

新鲜鸡枞做汤最是美味。放排骨做汤底，往里面加青菜，加几片鸡枞，那碗汤就鲜美异常。鸡枞最后加，往往是画龙点睛的那笔，让一碗汤彻底鲜活起来。

南瓜花下来的时候，用鸡枞和南瓜花一起做汤，再放几片青菜，汤里黄白绿相间，非常好看；甜笋下来的时节，更是有道甜笋鸡枞汤。这道汤很讲究，讲究的点在于食材精选，一定要当日采摘的甜笋和鸡枞，如果甜笋放过了夜，基本就不会吃它了。在雨季的南部山地人看来，这不是浪费，这才是尊重食材。

两种鲜甜的食物混合在一起做成的汤，是夏天的美味。

为什么鸡枞是菌中之王？鸡枞在云南并不是最昂贵的菌子，按照物以稀为贵的法则，鸡枞算不上名列前茅。它分布广泛，南北山地都有，云南专门烹饪鸡枞的大厨说，它有别的好处：首先是形状大气，光看长相就很雄壮，像男性生殖器，没打开和打开都好看，打开后像华盖；然后是颜色好，纯白，特别干净，可以和任何菜搭配，片成片后，炒任何菜都显得特别华贵。

云南的菌子盛名在外，但是其实在古人的饮食系统中，它未必是上品。总有些文人觉得它生于瘴疫之地，没有根系，是一种不够清洁的食物。但说实在的，食物清洁与否的依据应该源自周围的水源和空气。大约人们隐约觉得毒蘑菇多，觉得菌类不安全，因此推断菌子有毒。

在东北，真碰到过毒蘑菇。到长白山下面的村庄里游荡，敞亮的天与地，下面是矮小丑陋的砖瓦房，小窗户，憋屈的，不过想想那边的气候，也对，只能在这样小的空间里抵抗寒冷。招待我的朋友总是抱怨，说我来的季节不对，没有林蛙吃，也没有秋天的山果吃。她大约属于朴实的文学家，虽没有这些吃的，描绘起来很是有声色。比如一道元宵和林蛙的组合——用冷水在锅里加热活的蛤蟆，等热得不行的时候，再下冰冷的元宵，"结果一个元宵上面抱一个小蛤蟆，特别好看。"实在无法想象。秋天的山果和蘑菇倒是能想象，可是季节不对。

我是四月去的，四月是残酷的季节，没有那些花哨的菜肴，唯一的吃食，就是豆腐和蔬菜。也好吃，大豆有喷鼻的香味，上面洒些辣椒酱就可以了。村里唯一的饭店，一看就是一家乡干部聚会的点，有包房，窗明几净，老板娘能干且收拾得干净。她突然给我们上了一道没曾期待的菜，猪嘴蘑菇，黑乎乎，用黄瓜和蒜泥凉拌了，一边端上来，一边鬼祟地笑，说是不能多吃，吃了，会变猪嘴。

我一心觉得是骗人的。这蘑菇长相难看，有眼，也许这是猪嘴名称的由来？可是也被吓住了，小心翼翼地开始。脆生生的，有点意料之外的猛烈的香，想起了俄罗斯童话里的森林女巫，也是经常用野果和蘑菇，去欺骗误入森林的路人。

虽然被恐吓，还是要求再凉拌一盘，对得起自己的口腔。大概在婴儿期吃奶的欲望没有顺利完成，我的口腔欲望总是特别强。

晚上，并没有吃肿嘴，幻想中《东成西就》里面的梁朝伟并没有出现。

小时候，在湖北的丘陵地区长大，那里最好吃的，是一种红而阔大的松树菌子。从来没有看到过它们的生活环境，但是想象中，应该是简陋的小松林，青草如茵的草地，有水洼和鸟粪，上面有粗枝大叶的红蘑菇，夹杂着松枝和野草，笨拙地挣扎着长出来，然后被摘回家，同样随意地炒成一盘。我父母不喜欢，他们来自大城市，不习惯他们被下放地区的山野味道，总觉得有股子泥土的腥味。可是自从我离开湖北后，再也没有遇见过这样土气的、生猛的、俊秀的蘑菇。

鸡杂受宠记

多数中国人的鸡杂回忆源于幼年家里宰杀的鸡。越是贫寒的年代,这种杀戮越是稀奇而令人印象深刻——狭窄的灶匹间,四处飞逃的鸡的爪印。会过的主妇会准备一碗热水,专门杀鸡后接鸡血,然后这碗鸡血可以用水蒸气加工,成为嫩而温厚的鸡血汤中的主角,里面的配角则是鸡杂:脆嫩的鸡胗、肥厚的鸡肾、小段的洁净的鸡肠,有时候,会把鸡爪也扔进去。

摄制于中国八十年代的故事电影加深了我们的这一印象:丈母娘为了初次登门的女婿,下级为了来访的上级,偏僻地区的群众为了客人,都会有杀鸡的场面。然而,当时电影展现的,基本只有鸡的主体部分,缺少真正的美味,鸡杂。

那碗鸡血汤,那盘子青红椒炒鸡杂的美味啊。

热气腾腾的,每一块都鲜美异常,是红烧鸡上来前的前奏，轻柔，俏丽，但是杀伤力强，每一口下去，都是抢着吞咽，生怕咬舌。

那时候鸡少，凡是鸡身上的东西，一点都不能浪费。

以至于到现在，我还是热烈地四处寻找鸡杂吃。北方城市吃得不细致，加上内脏食物受鄙视，基本吃不到，只有满大街的"德州扒鸡"有香菇卤鸡胗出售，价格不高，似乎买的人也不多。我偶尔会买，介于好吃与难吃之间，是一种流水线产品，但不重调料，并没有多大吸引力。

也是全国目前鸡杂的普遍状态。多数属于养鸡场提供的大宗产品，缺乏新鲜度，也缺乏美味指数，只适用于重口味系统。这个系统的典型代表，就是两湖地带流行的鸡杂米粉或面条，外加小店供应的白辣椒炒鸡杂。偶尔去湖南吃早餐，常常在各种米粉的浇头前患上选择困难症。鸡杂粉一定是有吸引力的一味，在肮脏油腻的柜台后面，一大钵子鸡杂浇头并不起眼，但浇在米粉上，大块的鸡胗，外加鸡肠鸡肾，辣椒姜末酱油汁爆炒，一种鲜艳淋漓的快感。其实这种浇头里实质内容真不多，仿佛夜店里的啤酒妹，你不能与之肌肤相亲，仅是那种片段点滴的性的气息，就够了。

小店的爆炒鸡杂,一般会加白辣椒,湖南最擅长。这种香味十足的辣椒调料是晒干的辣椒的产物,增香增味,一碗鸡杂,能下两三碗米饭。除此之外,卤菜店有卤鸡胗出售,往往和鸡爪鸭爪一起,好坏视乎老板的卤水而定,不一而足。之所以没有别的部分的鸡杂供应做卤味,一大原因,是鸡杂形体大多很小,作为卤味无法成型,量也不大,基本看不见。另一味鸡肝倒是巨大,但是随着养殖行业的普及,肝脏作为排毒器官,基本不受重视,所以卖得便宜,也很少在柜台出售。很多人买回家养猫狗,作为宠物食品。

不过也有例外,例如在富庶的长三角。

长三角一带的鸡杂风味不同,一般在两种类型的店里可以享受鸡杂:一是白斩鸡店,都有鸡胗和鸡肝出售,白水煮,基本不加调味料,估计只是用酒和姜去除腥味,然后便宜出售——至少比鸭胗便宜得多。

老酒客,开一瓶花雕,吃几个鸡爪,就几个鸡胗鸡肝,最后再吃碗洒上鸡汤的鸡粥,也能是一餐。并不因为是下脚料,大家就嫌弃它们。奥妙点在于调料,老派的白斩鸡店,基本上都是自己配蘸料,用传统的酱油黄油和姜末葱末,调出一种清鲜,格外地馋人。现在上海云南路"小绍兴"总店的白斩鸡柜前,还特意标出:调料自制。

另一种,就是菜场常见的卤菜店,不过简单到只有鸡胗鸡心等小件。这种鸡杂真是边角料,处理得漫不经心,也未见出色。长三角,真不是鸡杂的天堂。

相比湖广简单热烈的鸡杂米粉,包括各种卤菜店的卤味,四川有另外一种不同的鸡杂,一直让我念念不忘——和一位熟悉美味的四川餐馆老板各处找吃,说到卤菜,他说最优质的卤菜还是加调料少、火候恰当、保持本味的那些小店菜肴。他找到一家,一定带我去,我们按照常规,买了肥美的卤五花肉、清香的牛腱,还有许久没有吃到的珺肝把把——蜀地把鸡胗叫珺肝,属于西南官话系统,很多串串店因此会改名小珺肝。

但真正的美味,并不是珺肝,而是珺肝把把,就是鸡胗连接别的器官的那个管道。我完全不知道它的学名为何,也许应该是腺体?但是口感脆嫩,又耐嚼,作为卤菜,确实非常美味。

在台湾,很少进正规的大餐厅。一是一两个人吃的时间多,小吃又多,随便吃吃就能饱足;二是真正值得吃的所谓"桌菜"并不太多，只有朋友邀约，才会去大餐馆吃饭。很多时候出于对我的尊重，让我去想吃什么，更是麻烦。那天正好路过"鸡家庄"，被这个名字吸引了，于是去吃鸡。

正逢鸡年，这家专门吃鸡的老餐厅越发突出"鸡"的元素：餐厅中央的装饰是两只硕大的公鸡，像塑料非塑料；餐台后面也是一排小鸡，有股浓重的乡村风格，像东北——我有点迟疑地说，被主人哈哈大笑带过——其实也像二十年前苏南之类城市的主流餐厅风格，又土进又土气。后来一想，还是唐人街，那种努力喜庆，可是分明又僻处海外，不懂今夕何年的感觉。

菜是真好吃，吃了蚵豉，比台南吃到的还正宗，大颗的豆豉，还有鲜美流汁水的蚵。

回到鸡。这种老店，服务员都是年届中年的妇女，彬彬有礼，但又不过分，多年职业经历的修养，刚坐下就告诉我们，只剩一盘三味鸡了，要点尽快。显然是名菜推荐，赶紧从善如流。那盘鸡是三种：白切鸡、豉油鸡和乌骨鸡。听说台湾的白切鸡和广东、上海的都不一样。果然，是微量加盐腌过的，而且时间不短。之后再煮。鸡肉紧实不说，皮也好吃。浸满咸味而紧缩的鸡皮，像是家里不太会做饭的老母亲不讲究的菜。

其实近年已经放弃鸡皮了，哪怕是在日料小店也拒绝，因为有股鸡油的腥臭——其实也不是养殖鸡的过错，而是整体环境的变化，就算是农场的好鸡，还是觉得腥，需要调味。上次在日本名古屋吃鸡刺身，是那家餐馆的名物，肯定来源不错，可是嚼了两口，大块的白鸡肉的汁水，非常难受，还是止不住想吐出来，一股子腥臊。

这盘里的乌骨鸡也不错，虽白煮，味道完全不同。台湾的白切鸡有股子粗枝大叶的烹饪法则，切法和摆盘都不精细，可就是这种不精细，让人吃得放心。蛤蜊炖鸡汤也是台湾的产物，广东福建虽然海产众多，但很少见这种搭配组合。这家店的鸡汤里面除了蛤蜊，还放了几块苦瓜，越发清口，有种微小的苦。

我有个形容词贫乏的朋友，但是又要显示存在感，吃到好东西的时候，会说很妙。上次在老挝吃椰子奶油蛋糕，就说很妙；要是他吃到这鸡汤，估计也会说，很妙。

他家的名点是鸡蛋布丁，用鸡蛋和奶油制成，并不便宜，可非常畅销，不能免俗地要来尝。完全是西点的外表中式点心的灵魂啊，异样地甜、爽朗，外加弹，像个好脾气的姑娘。我不喜欢最后一个形容词，可是不得不用。真很妙，难怪一卖就是这么多年。这家店，据说最受日本观光客的欢迎，因为日本鸡料理虽多，但是很少有专门的白切鸡蘸汁，很多日本旅行向导书里会提到这家店。

细想，还真是没在日本吃过白切鸡。都是烤物，或者烧物。

台湾的日本居酒屋，为了表示自己正宗，老板也会尽力烧烤得力。吃到的鸡翅和鸡胗，都比在日本本土吃到的好吃，就着有花果香的"天吹"清酒，每撕下来一口肉，就燃起了人生如此美妙之感。后来想，肯定还是食材不同。台湾毕竟小，鸡肉的好坏可以控制，日本一般的居酒屋哪里有那么多精力去购买上品鸡肉？前些天看日本励志电视剧，《宽松世代又怎样》里面的男女主角都是在鸡肉配送公司工作的，天天送冷冻鸡肉给各个居酒屋和饭店。

我和朋友去乡下水库，他说中午带我们去吃青菜。朋友是那种讲究而挑剔的人，摄影师出身，家里布置得清洁而雅致，台湾兰花和外面青翠的山水自然构成景色。本以为是那种精致小店，结果就在路边，颇像浙江山区里公路边常见的小店。阿妈是熟悉的笑脸,然而房间简陋到不能再简陋,塑料桌椅,厨房和餐桌之间全部开放,炒青菜、切豆腐干,主菜还是一盘粗陋难看的白切鸡,但是味道比起"鸡家庄"的,又胜过几分。

虽是小店,阿妈难得地讲究食材。朋友一句话让我心惊:这是他吃了三十年的老店,阿妈看着他从十七岁吃到了四十七岁。

在我们纷纷扰扰逃难般的大北京,众多小店今天开了明天就关了,家周围的小店大都是这种命运。发财的欲望、越来越贵的地租、政府的驱逐政策,让那些小店门口新鲜的笑容,轻易在世代的洪流中凋谢,哪里容得你有三十年的喘息。

朋友问我喝不喝内脏汤,以为是猪内脏,没想到就是现杀的鸡的内脏。鸡肝、鸡胗是主体,还有鸡的睾丸和腺体,外加大量的土酸菜,压抑了内脏的腥味,真是好喝——只能用最平庸的"小时候的滋味"来形容。一大碗,人民币三十元不到——也就是最基本的价格,多少年就这么下来了。这种小店,和小店背后的主人、客人,真的只能在小城得见,在北京、上海这么汹涌澎湃的城市,很难寻觅到了。

面之南北相

朋友推荐了淮海路附近的一家面馆,夹杂在老洋楼和新的摩天大厦之间,特别寒酸。大众点评网上已经有了预警,可我还是吃了一惊,白瓷砖墙,校园食堂似的白胚桌子,下午五点不到,已被填得满坑满谷。还是努力排队去吃了。

主要是好奇。

前面的女人穿真丝长裙,满口流利的上海话,不年轻,还努力打扮着,一看就是附近公司的外联之类,和她的应酬男伴一起,却是她买单,显然双方都不是需要刻意对待的,因此来就近的实惠小店,吃得多,并不掩饰自己的好胃口:炸猪排二,辣肉面二,小牛汤二,想象中简直会撑爆,可并没有,非常气定神闲,对身材也放弃了幻想。还有一桌,是丈母娘和女儿女婿,丈母娘年纪大,长相却还是怯生生,穿大花衣裙,非常显眼,女儿女婿倒是熟客,安排得井井有条。这个点,就需要拼桌,在这个豪华地段,也并不算是街坊店,唯一的理解就是:老城区出名实惠的小馆子。

我要了辣酱拌面和一碗小牛汤,要后者,主要还是被名字吸引。上来饭碗大小的一碗汤,上面漂着咖喱染黄的牛油,里面薄薄几片牛肉,也像大学食堂,不过比食堂要好很多,是耐心熬出来的牛肉汤。这碗汤也可看出小店的定位:应该全是上海本地白领来吃,外地人不会欣赏这种味道;可是整个店堂的气质又寒碜了点,请客吃饭不会来,来的都是贪图实惠的。汤刚喝,面也上来了,一小碗,铺满了芝麻酱和辣酱,里面有两大块肉,还带着骨头,想象得出后厨的粗枝大叶,以及砍刀凶猛。

量实在不大,铺满了碗底而已。面里拌满了芝麻酱,外加这么多土豆和肉丁,也有点像某种汉堡,都是面、肉,外加辣椒和土豆,一种廉价的平民美食。

我对面满脸雀斑的上海姑娘喝了一大碗牛肉汤,咖喱染色的油和香菜漂荡在碗的上方。这种咖喱油粘在碗边,会显得特别脏。从前在大学食堂吃饭,看那些碗,就没有洗干净的。这家还好,尽力让碗干净了。这汤应

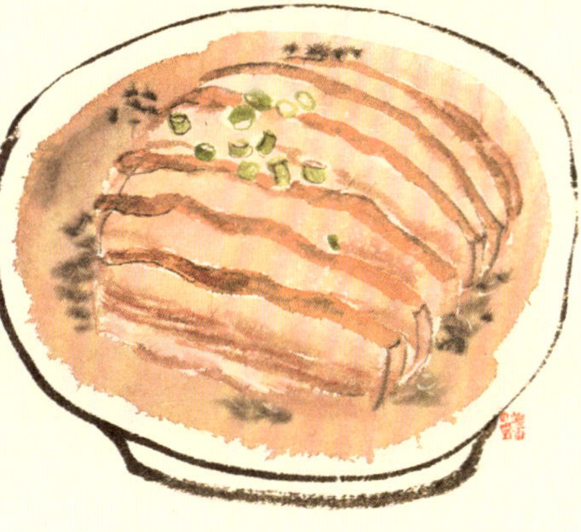

该也是当年租界的遗留物,和印度以及东南亚植物混合成的咖喱不同,添加了一种廉价的咖喱粉,超市有售,烧汤用,掩饰牛肉的腥,成了上海单位食堂及街边小店的保留节目。家里大概用得少,碗难洗。

这汤与面让我觉得是上海独有的产物。长三角富庶,一般去下面城市的餐馆喝汤,总归内容会丰富些,要是吃面,则更隆重,不会像上海这个大都市这么粗糙简陋。但是基本的营养又都有,且不像西式快餐那么工厂化,毕竟是小店手做,有另外一种温暖。科尔姆·托宾的《布鲁克林》里写爱尔兰的乡民初到纽约,也有类似的餐馆,提供经济实惠的饭菜,当然比不上农业社会的丰盛质朴,只能满足最基本的身体需求。

都是"也有身体也有心",可是又没有多少时间和耐心对待自己。

结论是,比北京的螺蛳粉和牛肉板面要好很多,可是也没什么意思。

不由想起上周在苏州吃的面,虽然近在咫尺,上海就没有像样的苏州面馆,完全不受影响。最大原因,还是一个是大工业改造过的都会,一个是农业形态犹存的小城。小城婉转,完全是一曲清歌慢悠悠荡进荡出的节奏。我们去"琼琳阁"吃面,进门就是一个劣质的假山石,还有面圆形大镜子,伪装得极尽豪华,里面全是满足的苏州人的影像,上午十点左右才节奏缓慢地摇晃进来,游荡出去。感觉自己进入了黑白线描画的世界,也和那些矫揉造作的小人儿一起,在逝去的时光里做了个梦。

但面是真好,五元一碗的红汤或白汤面,说汤是用火腿母鸡外加鳝鱼骨头炖出来的。浇头另加,有炖出来的莲子蜜汁火方,有烧得浓油赤酱的肉排,也有干敷敷的鸡丝火腿丝的浇头,这时候觉得店家所宣传的汤的传说应该不假。外加带点苏北风的狮子头,里面是一个咸蛋黄,特别憨。

常规的爆鱼焖蹄都有,也有炸草菇的蘑菇油,及当季的枫镇大面、鹅五件。后者是最昂贵的,也就二十多元,里面有鹅血、鹅肝和大块鹅肉,越发显得苏州古城的面馆富丽堂皇。好像地主家宴客一样殷实、讲究,尽管,这殷实也是需要花钱买的,还是有种特别纵欲的快感。

好的吃喝简直是穷书生上了小姐后花园的床,一出活春宫,欲罢不能。

在北京很少吃面,主要还是没有汤的面难以下咽,北京主打的炸酱面恰恰没有汤。后来找到了朝鲜冷面,一吃不可收拾,尤其是国营的不思进取的那几家,完全是一种古老的口味。冷面的汤也就是醋加糖,并不高级,可我每次都能喝完。点缀些辣白菜和稀薄的牛肉、装腔作势的苹果片,以及不知真伪的荞麦面,但就是特别有满足感,一种贫民的做作。

常常叫上一盘泡菜,上面浇了花椒油的高丽菜,还有一碟辣牛肉,伴着面狼吞虎咽。这两家国营冷面小馆本来有辣狗肉,2008年奥运会期间被整顿,彻底消失了踪影。小店饮食变得基本而蛮横,在北方,不能要求过多。

不正宗的冷面吃多了,后来去韩国,吃到满碗漂浮着冰块的正宗冷面,倒恍惚起来。韩国的冷面必须如此才正宗,哪怕户外是寒冬。大冰块撞击着,倒像是初春北国的河面,又暧昧,又心动,那面是如此清新可喜,完全胜过了岛国的拉面系统,是另外一个天地。

配白酒的菜

配白酒的菜,高香浓腴,不能湿。

朋友黄爱东西的文章里提到各路酒的配菜,主要提到一点,说是配啤酒的菜最容易对付,只需一些虾片、烤串外加花生米。三者之中,最爱虾片,这是一种近乎绝迹的食物,事实上,烹饪的乐趣大于吃到的乐趣,看一朵朵干硬的小玩意儿在温油锅里绽放,是件有趣的事情;烤串不提,太复杂,值得单文著录;花生米确实是啤酒的绝配,小个的,带着粉红色皮的,有点焦煳相的花生,被大口灌下的啤酒冲击得魂魄不存,可那点余香,却还在留恋。

完全比啤酒要强大。

还有一点。喝啤酒容易纵酒,喝个没完,再有耐心的厨师,做到最后,也会对酒客厌烦。有次去贵州小镇出差,在一家街边店顽固地等人,只能一瓶瓶啤酒下

人生不滿百 常懷
千歲憂 晝長苦夜短
何不秉燭遊

肚。那家店是绝对的车马店，给过路客打发肚子用的，甚至都没有什么大菜。菜单上的主菜，全部被我点了，连羊肉米线都就酒吃掉了——颇有古龙小说里穷愁潦落的侠客的影子。

可啤酒还没喝完。于是开始点那些从没有看上过的古怪菜品：春花蛋？嗯，上一个。藠头？也上一个。藠头我是小时候常吃的，同事却是北方长大，一吃大惊：这是什么？酸的糖蒜？春花蛋更平庸，就是葱花炒蛋。我到现在也没明白那个憨厚的圆脸老板娘到底是写错了字，还是个菜单抒情爱好者，一定要把"葱"写成"春"。

啤酒就藠头类的咸酸，基本不靠谱，有股特殊的寒酸感——贵州当地很爱吃，不知道为什么，可能就是廉价凑趣的咸菜。其实白酒可以就咸菜，大概白酒高香，和咸菜的重味可以冲抵。有次听诗人车前子说，他们苏州老家的巷口，有位老头每到夏天就在那里喝白酒，苏州土产的糟烧，没有菜，用铁钉子下酒，喝一口，抿一口铁钉。因为铁钉有股铁锈味，可以抵白酒的冲味儿。

听起来像是天方夜谭，但我模糊地觉得真不是个例。他一面说,我脑子里一面自动补充,黑暗中浮动出来的幽幽人影,是二十世纪左翼电影里的画面,一边吮吸钉子一边骂人的老头形象,有点像黄佐临拍的《夜店》的场景,在大杂院里,是标配。中国穷了那么久,底层人借酒精解决身心疲劳,也是没奈何的抒情。那是前现代,一切都还模糊着,要是现在,肯定被邻居发了微博,然后众而哄之责骂老头子女不孝顺,或者就把老头送进精神病院。

白酒的配菜,一定要精致。黄爱东西写白酒适合配肉皮冻、烤乳鸽,外加在酒精灯上燎过的乌鱼子,都是浓香型食物,而且都可以慢慢地吃。乌鱼子配白酒,配葡萄酒都是妙品。有次喝董酒,四处找合适的餐馆,后来定在一家宁波小餐厅,老板做的是正宗的几十年不变的宁波菜,装修近乎裸,可怀有一手好章法,自己定做菜的程序,老婆在厨房操办。客人都混熟了,是和客人们一起上桌谈天说笑的,可以算是民间的"谭家菜"了。他长得也体面,白发红面,个子高大,无厨师气,像个老派的生意人,简直有当铺大朝奉的气势。

搬家搬了几次,老客人都能追踪过来。他一看我们自己带了董酒,立刻拿出一套精致的小酒具,说是自己二十年前喝过这酒,陪我们喝一杯。我们让他搭配菜,他没有推自己家昂贵的金华火腿炖鸡汤,直接上了笋脯和海瓜子。前者是老宁波菜,用糖和油将极薄的笋片煎熟,非常适合喝白酒;后者是当令食品,小而鲜。这种小海鲜,外地人总是嫌弃,觉得吃半天吃不到肉,非常不实惠,却是上海人的心头爱,有种单纯的鲜爽,尤其是用上海本地的天厨酱油烹之,简直停不下筷子。

我们让他点酒精灯,另外再切蒜和白萝卜片,自己把乌鱼子片过火。这乌鱼子是我从台南老店带回来的,"阿霞"的那位身穿香奈儿的老板娘直接带我去搜罗,也是她经常进货的地方。老店老先生做了多年,所选的乌鱼子个头不大,颜色也不靓,但就是好吃。这两片乌鱼子不算大,标准野生的,有点发黑的黄。台湾美食家朋友教我用酒精灯自己烧最好,果然如此,用筷子夹紧,火头上轻微一晃,类似烛花毕剥的轻微的声音,非常美妙。几个人认真地烧烤,难得这么专心地吃,像准备考试一样投入。吃到口里是种爆炸感,用董酒再催化一下,简直是两个孤独的灵魂找到了对方,阵阵的高潮。

几种食物都香,也都干燥——太湿润的食物并不适合就白酒,我始终觉得。食物也并不大块,配合起本有异香的董酒,简直是一次高等食物的秘密聚会。

酒配菜肴,还需要考虑地点,尤其是地方出产,当地酒配合当地菜一般都好。印象中最酣畅的一次,是在泸州采访,老窖的总工从酒库里的大陶缸里偷拿出一塑料瓶的酒。陈化了三十年,那酒颜色已经发黄,虽然是最粗糙的塑料瓶,那黄色就是夺目,新鲜白玫瑰花心的那种微黄——要是装在绿色的酒杯里,就是艺术品。

带着老酒去到对面的小馆子,大排档格局,那菜一看就让人眉飞色舞:都是内脏,火爆腰花、火爆黄喉、火爆猪肝,唯一不火爆处理的,就是大片现切的李庄白肉,那肉片足有五寸,半透明,挂着红,简直是白雪地上撒满了梅花花瓣的滥俗武侠漫画的场景。没有经过现在流行的健康饮食的洗礼,可是实在美味,有种原始的犯罪感,像嫖,且先犯了罪再说。

酒是比那些出厂的酒都好,包括国窖,香浓得令人联想到固体——《儒林外史》里,从地底起出的那坛藏了多少年的老酒,也是稠成了膏状——需要兑些新酒喝才不浪费。配着那几道火爆菜肴,一会儿就纷纷宽衣。实在是汗如泉涌,可太舒坦了,就像一次超级豪华的按摩。不过起作用的,是那个储藏在山洞里若干年的粮食的精灵,扮演了打通身心要窍的角色。难怪李白斗酒就开始写诗呢,这时候,整个人,包括那家隐藏在肮脏的闹市区的平凡小餐馆,都是遥远而顽固的诗。

动物头颅的种种吃法

一

看电影《一个勺子》,陈建斌和盲流妻子在荒凉的甘肃农村养羊,除了羊圈外,还在家里照顾一只病重的羊羔。那小羊羔穿上红棉袄,颇像宠物,在破烂的房间里安静地待着,完全是个让人不忍心下手的动物。

羊羔确实让人怜惜,基督教也常有"迷途羊羔"的比喻,圣母画像里也满是羊羔,在画面的角落里,类似于日本织物上的唐草花纹,点缀用。

最终还是杀了羊羔——为了讨好村里的一个妄人,清炖了羊羔请他。这个乡村能人的口头禅是:生活就是这样啊。故作明白的糊涂。我只是心疼那羊,多么无辜的死。

西北一带确有吃羊羔的习惯,也是数量多,杀起来不心疼。不像内地县城，吃羔羊是暴殄天物，羊大为美，才能卖出好价钱。在伊犁的特克斯县，我们被带去吃揪片子，就是羊肉汤煮面片，号称是当地最好吃的一家。公路旁窗明几净的回族大院，蓝色的大棚，房间里有塑料的大幅牡丹花，也是荒芜地方的典型装饰。上来硕大一盘羊肉揪面片，羊肉嫩香，好吃到头皮发紧。结果得意扬扬的女主人上来介绍，都是不满三个月的羊羔子，当然嫩。眼前全是白天乡村公路上腿还没学会弯曲的羊羔子，咩咩地跟着母羊学走路，默默地继续头皮发紧，吃得稍微缓慢些。

还是因为数量多，各种杀伐模式都出现了，非常多元化。看过福柯评论《索多玛的一百二十天》，里面提到一种中产阶级的杀戮法则，就是成批量地制造死亡，比如养殖场里的鸡，比如屠宰场里的牛，都不属于《一个勺子》里面主人和动物的私人关系，反正就是规模性的无人情味的宰杀。

西部的夜市里，有专门的羊头摊位，非常完整、饱满、真实，几乎是除了皮毛之外的真身存留。细细吃起来，有羊眼珠、羊脑、羊脸颊肉、羊上颚、羊舌头，还有羊齿，一个完整的头部解剖，数十部位，毫无缺漏。

买一个完整的头细细啃来,实在是让人过于紧张的事情。我只会享用别人递给我的一个看不出是什么的部位,吃了半天,原来是羊舌。

羊舌厚重。一般中国人爱吃鸭舌牛舌,觉得是美味,到了羊舌这里,因陌生而生出距离感,总觉得吃起来有愧似的。可是那一丝丝舌头实在华美——首先是丰腴,华丽的口感,洛可可风格;其次是饱满,也许因为平时吃牛舌都是小片,吃到那种揪扯下来的一缕缕羊舌肉,真觉得饱足——是肌肤微丰的美人舌,顿时觉得某种叫作"西施舌"的蚌类名不副实。

羊眼珠子也大,不能看,只能囫囵吞枣。

事实上,动物的头都有这个问题,要是看着细吃,总会一阵阵畏缩。毕竟是存储灵魂的部位,哪怕芳魂散尽,吃起来还是有点胆寒。

古老文明区域就不会这么处理。老北京爱吃椒盐羊头肉,梁实秋写过,据说是沿街叫卖。其实原理和蜀地的夫妻肺片一样,都是拿便宜的下脚料认真烹饪,让头丧失了头的形状,变成了一堆美味。肺片最早大量使用牛头皮,外加牛舌;椒盐羊头则完全是干净的白头肉,片得非常薄,撒上花椒盐。我觉得这属于草原游牧的传统，不过是京城用自己的方式将其改造成文雅的小吃。现在还有很多清真老店保留此菜，也是懂得吃。

北京的清真老店不仅有白水羊头，还有砂锅羊头，是真正考手艺的菜，要把羊头拆成丝，再用高汤烩制。上海朋友专门来京看我，他是穆斯林，到了北京如入宝山，专门挑这种刁钻的菜吃，不想吃了大上火，回上海直接住院。我觉得这种凶猛的菜肴，还是北地专属为佳，因为周围的蛮荒气质可以为菜肴打底。秋冬的晚间八九点吃完饭，出得门来，但见街道疏阔，人烟稀少，月亮冷冷挂在落满树叶的枝头——不是宋人烟树，而是徽宗被掳到的北方，自有北人情致。

忘不了的人与事。

二

头要不见头，才算高级。这算是腐朽的统治者教给我们的。

烤牛舌是日料的常菜，也是文明：切得非常薄，烤得焦黄，生菜叶衬托着，外加黄色的嫩姜片。端上来，令人满是好感的精致，吃起来也不会内疚。

207

也有索性蛮横到底的。牛街的铺子里，有专门的酱牛肉铺子，推门进去，迎上来就是大盘的羊眼珠子，愣愣的灰白，让人望而生畏。"烤肉宛"也有专门的名菜炒羊眼珠，不知道知味者谁。

后来看书，说是西北有男人专用羊眼圈来做淫具。真是死得如此鞠躬尽瘁啊。我那时候小，不明所以，后来明白了，也不过如此。

电影《武侠》里有用鱼泡做避孕套的，同样的道理，都属于无中生有，废物利用。贫苦荒原，除了吃和做之外，大约也无事可行。

颇有些天地苍莽的感觉。

也有故意上整个动物头颅以示豪迈的。去苏州被朋友带着吃过一次，山塘街附近退伍兵开的会所，四川人，找了当地人为妻，留了下来。豪迈的牛头宴，上来一个硕大的木头盘子，其实也看不出原来的形状，炖得稀烂，大块，吃不出什么味道，就是个稀奇。在文雅的苏州，能端上这么一盘菜，也是某种男性气概的暗示吧。男主人秃顶，浓眉大眼，很有几分凶势。可是再一想，能有什么呢？困在苏州这等温柔乡里，怎样的英雄气概都做了土，也就剩下虚张声势的一个牛头。

很多地方是不吃禽类的头的,无论鸡鸭鹅。传说什么公鸡头剧毒,或者什么鸭头腥臊,只有美食聚集地,知道头的好吃,全头都是宝贝,才勇于拿头下手。一次去西班牙北部山里,被带着去吃离开最近的城市还有两小时车程的一家两星米其林。兄妹二人所开,拿手菜就是鸡冠配吞拿鱼。公鸡硕大的冠子垫底,上面有腌制的小小的吞拿鱼肚子,两者不同质地的配合恰如乐曲的变奏,高手所做的菜肴,才考虑得这么周到。

南京的鸭头也好。《红楼梦》中不知道多大程度地保留了江南菜肴的传统,但显然史湘云是惯常啃鸭头的,大约动作不雅,始终没有在正餐里出现过。南京的鸭多是苏北安徽河网地区而来,长年跋涉,肉香,脑子大概也聪明。要吃就吃那个脆弱骨头中的软软一团,听起来有点残酷,可是,真好吃。近年鸭舌能卖钱,所以吃到的鸭头统一都无舌,其实一盘子鸭舌倒未必好吃。也许因为多,就不够珍惜;或是因为多为冷冻产品,味道打了折扣?

比起鸭舌,鸡舌短小,就没这么受欢迎。小时候家里杀鸡,头总被我霸占。鸡舌小而扁,后来看古书,里面总提到鸡舌香,才明白那点形状的深入人心之处。

很多区域不吃鸡鸭头的原因不明。因为少见,所以敬畏?上海满大街的白斩鸡店,里面最便宜的菜肴就是鸡头。拔毛不够干净,可是便宜。那时候的上海还不似今日之干净和都市化,常有肮脏街道旁的白斩鸡店,年纪不够老的落寞爷叔,叫一盘鸡头,蘸酱油,几瓶"特加饭"都能就此下腹,所谓灌黄汤是也。

我同学来看我,是个拘谨的姑娘。我也效仿周边的上海爷叔点鸡头,她被吓住,迟疑地问,这个能吃吗?我被她说得也愣住,再看上面,毛渗渗的,不肯吃了。

三

宴席上的菜肴看出了形状,便是低等的。所以扬州有拆烩鱼头和猪头这样的盐商菜肴,贵气十足。可是这种拆烩的做法,不是一般厨师能掌握的,并不常见。

冯梦龙的《笑史》搜罗了古今笑话,其中一则:宋朝,有个此前一直在太师府邸任职的厨娘,从京师汴梁流落到了民间,被重金礼聘至一家新贵家族。这家主人迫不及待想试试厨娘的手艺,让她做一道入门菜肴葱爆羊肉。厨娘从头天夜间就开始尽心准备。第二天午宴上菜，菜极其美味，葱黄伴着嫩香的羊肉，入口连渣都无。但主人一查账，葱就买了五十多斤，大部分都作为废品扔掉了，只留下少许嫩黄葱心，要求是入口化为虚无。盘点厨房后的主人知道美味的不易得，也知道自己小门户，养不起这么高贵的厨娘，尽早恭请离开了。

清末盐商聚集的扬州发明吃红烧猪头和拆烩鲢鱼头，基本是要烧得稀烂——据说法海寺的和尚烧猪头最好，我一直疑心是有人诋毁佛门，后来去到扬州，才知道是真。扬州属于凋敝的老城市，繁华过，所以现在更是冷凄凄。我是什么头也没吃到，因为稍大些的餐馆基本都拒绝给散客做这几道菜，小饭馆又实在做不了，索性去了澡堂子，把自己当猪泡。

扬州现在只剩空架子。一些老牌名店虽然号称还会做拆烩鱼头、红烧猪头，可基本都说要做几个小时，穿着酒店门童制服般的粗糙呢大衣的女服务员根本不建议你等。那年是冬天，几个朋友一起，在破败的四处都是不锈钢扶手的老店里缩手缩脚地等待，只看见木桌上白腻的猪油——扬州实在是个猪的世界。没有多大耐心等下去，加上女服务员头也油腻腻的，就颇有几分扫兴，于是狼狈逃窜。最近看游客写吃的文章，据说现在还是这样。所以，也真没吃过美味的红烧猪头。

近年吃猪头倒是在景德镇。熟人的餐桌，一人分一块，煮得稀烂，和《金瓶梅》里宋惠莲用一根柴火烧烂的猪头有一拼，实在是扎实的美味。不过以往应该也是穷人食物，不雅，实在无法想象潘金莲、孟玉楼几个丢丢秀秀的美人就酒消磨时间、大啖猪头的场景。不过也对，有油脂香的美人，活色生香，让人产生肉欲。

小时候猪头是稀缺物资，我记得需要半夜排队购买。深更半夜，家里长辈就出门排队，颇有紧张气氛，最早的排队时间是凌晨两点。那个年代，很多人家就为吃奔波着。吃，成了生命的重要主题。

我母亲实在是勤劳的北方人，不仅排队采购，买回家还要用镊子一点点拔毛。这是一种最需要功夫的细致菜肴，会隆重地吃很多顿：第一顿，最富足华美，像是铺陈开来的《东京梦华录》的平民版，有白色的猪脑，似乎是蒸出来的，盛在青花玲珑瓷小碗里，由我父亲享用；猪舌和猪耳是珍稀物品，每次都不能全上，只用小碟盛出。那时候还不懂肥肉的好，只知道猪舌头脆骨的诱惑力，也爱吃带有几分腥味儿的猪舌头。这些小众食物，像是野地里费力摘到的果实，口感又像果园里树上的果实一样滑,是天然的可遇不可求的美物,完全不需要劝说,就大口吞吃。只有肥猪脸,怎么劝也不吃,最后全部被大人承包。

腊猪头是不嫌其肥的。附近的土特产店,平时空空荡荡,某年冬天突然进了一批腊猪头,名字甚为美好:蝶形猪头。完全不明白蝴蝶和猪头怎么就联系在了一起。就是将晒干的猪头整张摊开,后来在蜀地倒是常见,包括粤地做腊货也是如此。死后的动物一张张恐怖的笑脸,有点拟人化,不过也许倒真是人间才有的景象。人吃动物,吃得喜气,彰显远古部落的遗迹。

当时哪里有这种见识,只觉得馋,想吃。

磨蹭到母亲终于买了。那脸颊的肉,脆生生的,爽朗利落,又有点糯香。从此以后再没有吃过那么美好的猪头。

说到不见头的菜肴,突然想到苏州的三虾面,以及名目美妙的"清风炒三虾",用某种方法把虾头里的虾黄剥离出来,和虾仁、虾籽同炒,成就一道繁杂的美味。还看过某扬州人的记录,说他父亲是厨师,被老板压迫得紧,只能把客人吃剩的虾头带回家,然后用擀面杖砸烂,煮汤食用,撒胡椒,放鸡蛋和黄瓜片,名之为

"虾膏汤"。听起来很北方，确实应该是苏北地区的产物无疑，汤色黄澄澄，一道极其诡异的美食。一想到是从别人饭桌上下来的，就不想吃，现实中如果得见，应该会勉力为之。

有点像《镜花缘》里的"穿肠国"食物，人世间的不平等，其实处处可见。

但是"清风炒三虾"，应该是好的吧？这么安慰着自己，又开始想念"新聚丰"那盘撒满黑色虾子伴着虾膏和纯白虾肉的三虾了。

让人心满意足的青春期烤串

直男为什么爱吃烤串?如果追根溯源从羊肉串说起,答案是恒定的:壮阳。

烤串在很多地方是一种青春期食物,因为简单、横、寒酸,外加在黑暗中进食,有别种乐趣。像是过去大军得胜班师回朝,黑压压一群人埋头焖锅坐饭,敌人已败,可以喝酒作乐,此时烤肉绝对是最佳食品——烤好的羊腿直接用腰间的匕首切割,不亦快哉。

这点古老的基因,让烤串始终不适合进入大雅之堂。餐厅以烤串为自豪的,除了西北馆子,还真不多。

第一次迷上烤串,是在一场灾难里。

那时候记者这行干了若干年头,没做过的灾难类型已经不多,地震泥石流恨不得都去了几次,但是空难还真没碰到过。没碰到就没碰到,并没有职业病。灾难见多了,面冷心硬,不得不对多数情感启动封闭系统,越

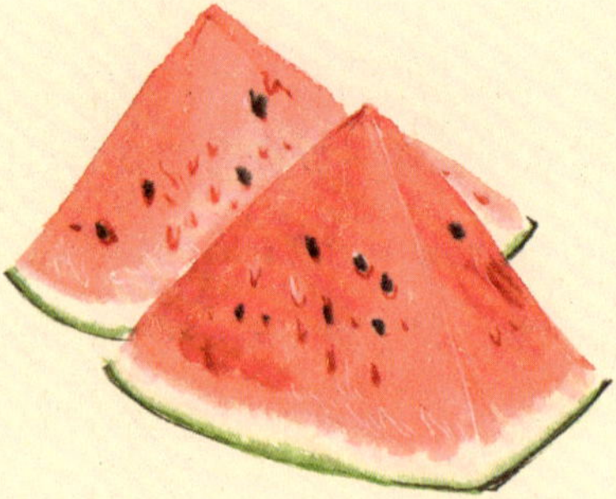

投入越难工作。可是,偏偏那次,伊春的那架飞机,就那么掉下来了。

拿句庸俗的话来说,职业生涯的又一次挑战。

伊春是个森林城市,没有俄罗斯小城的森林那么蛮荒,不过次生林也绿,满眼荒芜。机场一带,多为丛林,飞机就是掉在了丛林里,弹跳几下后燃烧的。小机场,去那里的人多数是避暑的达官贵人,少数是平民,后来采访才发现,寥寥可数的几位平民乘客中,三位是因为家里有丧事,来不及才乘飞机的。真是让人毛骨悚然。城市小,碰上这样一件大事,满城的旅馆就都爆满。我们是半夜从哈尔滨租车过去的,到那里后,坐着破车找了四五家旅馆,全部满员。幸亏有个豪华的刚装修完的情人旅馆还开着,灯红酒绿的,越发显得滑稽。一个小城碰到灾难,就那么猝不及防地现出了原形。

因为饿,第二天起来就找吃的。一家不大的餐馆,早餐卖粥和干豆腐,有点像传说中的老豆腐,在豆腐上浇韭菜花和红辣椒吃,还有黑色的酱油,有种出其不意的北方的色彩。这种采访当然极其艰难,没有人愿意被采访,晚上回酒店往往累得半死,唯一的安慰,就是吃。

城市小,什么正经餐馆都缺。美食街倒也有,全是烤串店，簇新的，为了发展本地经济准备的，木头装饰居多，显示着北方城市的粗豪。灾难来了，飞机也停了，整个城市几乎没游客，可是吃烤串的地方照样人山人海。人人点着羊肉串五花肉串和鸡架子，用森林里刚砍下来的木头去烤，特别香，是植物混杂了肉味的腥香。一架从天上掉下来的飞机，似乎无法引起当地人的哀痛。也是，谁认识他们呢？上帝的子民们，终归只有上帝辨别。

我们也吃，麻木地吃，吃羊肉串，吃烤鸽子，吃蚕蛹，都是饱满的蛋白质，就当地的啤酒，咕噜噜往肚子里灌。经典的烤串之美，是那种带有松木清香的外皮，咬开，鲜嫩的汁水涌出来。

城市里真没太多可吃之物，主打就是烤串，一天一家地换。其实味道差别不大，可是当地人硬性区分这家翅膀好，那家五花肉好，我们也就跟着叫好。刚烤出来的肉串，因是柴火烤，火力不均匀，有焦处有嫩处，像是拼贴的百衲衣。

终于采访到一个消防兵，第一批冲进火场救人的，俊美到我和摄影师相对一看，觉得真帅，传说中的赵子龙大概就是这般模样。他告诉我们，进火场碰到幸存的人，跌跌撞撞往外跑，有的人，全身衣服都烧没了，现场弥漫着肉烤焦的味道。

我是强大的，并没有把几日来吃的烤串都吐出来。

西北的烤串是另一种。贫瘠的大地上，烤串需要的炊具最少，甚至连穿串的签子都是取材自当地的木头，只需要一堆炭火即可。于是烤串开始霸道地成为主要产品，那年去新疆，晚上逛夜市，乌鲁木齐的夜市还强调烤串用红柳的贵，糊里糊涂吃了，并没觉得好。接下来的十多天是南疆漫游，全部往乡村里走，简直没有可以挑选的菜肴，任何一家乡镇的主流餐馆，只有烤串、抓饭或者酸奶，有时候主食抓饭变成拉条子，可主角还是烤串。

那些让人心满意足的烤串啊。

大块的羊肉，从挂在厨房的大半只羊肉尸体上切下来，并不切小块，而是横刀跃马地切。在南方的餐馆里，一块就能炒一盘菜。这里是五块连绵，中间一块极肥，让油水浸润其余几块。维吾尔人极爱这食物，大胡子的老板、戴花帽的精明俊美的伙计、满脸疲惫的人到中年的女乡长，全部和我们说，好吃，好吃。

汉人的解释是能壮阳。火大也不怕，只要一小碗极酸的酸奶，一切就消解了。那二十天，几乎没有多少青菜，在这里，绿色是金贵的东西，于是，一串又一串，满是豪气地吃进去。也有黑白配，用羊肝配肥油，嫩的，热辣的，无休止地吃。

简直是一种淫荡的口腔交欢，想起了五代南汉的皇帝刘鋹，有个淫荡的妃子，就叫媚猪。

一碗牛肉拉面中的恋恋风尘

有段时间我只吃清真馆子。上海的选择性有限得很,如果你不把兰州拉面算上的话。当然,是到兰州后我才知道以往吃了多少碗似是而非的兰州拉面,在兰州唯一的感动就是那碗面给我的。这个荒凉的城市就像福楼拜小说里德·西卡质问的那样:为什么书架上没有我们工人阶级的诗集?兰州就是那本工人阶级的诗集,完全没有城市感,不能位于城市之列。相比之下,拉萨山峦聚合,有一种足食的安逸,甚至都比兰州要好很多。始终惶惶地走在街道上,我对这个最不像城市的省会一再疑惑着。

直到那碗面。第一口就让我凝神并且沮丧:怎么能这么好吃?简直想质问。三元钱换来的无端的充足感,鲜美的汤有种烫人的姿势,传说的牦牛骨头当然是不会见到的。汤只是精神,是水;而面是实体,是物质,散发着麦子的本质香味。我在电话里无比依恋地和朋友说:"我吃了牛肉拉面,简直是依恋那碗面。"

兰州的牛肉拉面让人对很多虚妄的饮食产生怀疑。无限的饮食追求确实会让人羞愧,觉得是不是我们只要这点东西也一样能满足呢?汤、面和蔬菜——青色的萝卜片、粗糙的大葱、发黄的香菜叶、点缀的小块牛肉——这些混杂的物质颇像一个中国的山水盆景,什么都在里面了。张恨水记载他三十年代的兰州经历,说不过是苦寒之地聚集起来的一座城市,记录了种种人间惨剧:一家人只有一条裤子;饿死街头的人千万不能喂,否则会延迟他的痛苦,因为你走后就没人给他粮食了。这些惨淡画面不会看见了,但是兰州是所有城市中最能保留贫寒的古代食品的城市:甜醅(用麦子做的酒酿)、退骨牛肉(可以把吃剩的骨头拿去换钱)。

都是闲话,回到上海的清真馆子来。最著名的"洪长兴"好吃的肯定不是招牌的涮羊肉,毕竟离产地遥远,再怎么新鲜也是有限;结果他们也屈服了,推出了本地化的热气羊肉。江南地区流行吃湖羊,大概是放养在鱼塘边的一些当地羊种,许多小镇的招牌面因此成为羊肉面。到了冬天,羊肉面之外,又多了羊肉煲。但是，这些羊肉，哪里能和呼伦贝尔大草原吃野葱的羊相比？也就成了一堆肥甘。我每次吃那热气羊肉总觉得鲜得异样，江南的不知道吃些什么东西的羊——因为不相信就更觉得不舒服。有年冬天肝不好，总是去吃涮羊肝，也是甜腥的，居然没有吃吐。

反倒是一些海派化的京菜好吃。"洪长兴"的酥香牛肉丝就是例证，和北京的焦溜相似，但明显有上海的精细感。细巧的肉丝，炸过，微甜，密集地堆着，感觉是一个熟极而流的上海中年女人，穿褐色的精细衣服，打扮着，寒冷的冬天里也有暖融融的成分——从来都是冬天才去"洪长兴"。

那里的中年女服务员应该都是上海本地人，去了五六年，也没见她们老，穿绿裙白袜，酷似鸭鹅之流；走得倒是很快，也能干，再烫的菜和铜火锅，也没失过手。不知道她们看我们老了多少？上海的回民大概不多，吃来吃去就都成了熟面孔。有次点菜，我才发现那个盘髻的圆脸女人已经认识我了，断然地给我点了常点的汤——黄瓜肥牛片。

当年城隍庙附近有家清真的"回凤楼"。窄小的楼梯，沿楼梯是一些得奖的菜的照片，极其不好看，尽管我馋，可是那红烧牛尾也不够有诱惑力。每次去还是吃锅贴，完全上海化了，馅里有些汤汁，酱油色的牛肉，一种小市民的满足感。兰州的牛肉拉面是贴心的，这锅贴只贴身，能让你饱去，却毫无灵魂。

终于去吃了红烧牛尾。据说要拆迁，就专门去吃了一次。红烂的一大碗，甚至不如"红房子"的牛尾汤里的那截诱人。可是因为大，有种特殊的孤寒，也许是端菜的中年男人害的，想着他马上就要下岗从此下落不明，就觉得莫名凄凉。戴金边眼镜，胖大，服务员的微脏的白布褂子，典型的上海人长相。很奇怪，只有上海有那么多戴眼镜的饭店服务员，是小时候普遍爱读书？后来那家餐馆终于是拆了。我始终记得鲁迅的《在酒楼上》，可是始终没上过他们的楼。这里允许卖酒。啤酒一直有，本地的味道清而涩的三得利，要不就是更有尿感的力波。这种国营老餐馆总有一种"到底意难平"的感觉。

浙江路有家庞大的清真餐馆。很少在那里吃饭，一般是早点。坐出租车去吃过桥羊肉面，油油的，但是油不在汤中，还在小碗里等待过桥，也就没那么明显。这家餐馆重新装修了，但是极其怀旧——奇异地怀八十年代的旧,显然是按照装修者自己的心愿,永远放着八十年代的歌曲:《甜蜜的生活》《月光下的凤尾竹》《在那桃花盛开的地方》……我有时候吃两个菜馒头,或者两个牛肉煎包,加六个牛肉锅贴,每次都充满敬意地想着自己吃下那么多。餐馆墙壁上,挂着他们的餐厅历史:"由摊而馆,由馆而堂。"很公文的语言。这家店实在不好吃,却上海化得十分地道,总是满满的,顾客多是中年的上海男人,一看就是周围的居民,黄酒味道醺醺而来,是一个市间景象。从某个角度来说,浙江路这家倒是正宗的清真饮食,尽管也卖酒,但它是上海唯一的回民聚居区域的大餐馆。这个不断动荡的大城市,早就在一块块掉头发一般毁灭着自己的各个聚集点,而回民因为宗教保持了聚居的习惯。

一般的回民聚集区是这样的:清真寺在街区占据了最高的位置,周围环状围绕的是居民的房间,不可能高于清真寺,保证钟声的传出令人有种敬畏感。可以想象那些环绕的白帽子的拜伏——形式往往决定内容。可是在上海,一切都说不上了,无数的高楼从前后压迫过来,街道越来越黑暗和矮小,形状完全荡然。九十年代以来,可以让从遥远的地方来到上海的回民找到强烈认同感的大概就是这里,所以他们下了火车后就如有神明指点一样前往投靠。这里就是他们的"唐人街"。

一个都市人,需要的是什么呢?我也常常迷惑不解。有日常的金钱,有温暖的习惯使用的肉体,有个勉强可以算未来的未来——大概大多数人都能得过且过。可是,暗夜里,那阵阵心慌感袭来的时候,怎么办呢?

回上海还是总会走过浙江路。吃早点的日子一去不复返,而晚饭的时间还未到,光晃晃地照在附近的黄金楼顶上,我们肚子都饿了,都有着孤独的鬼魂影子——格列柯的画?做这样的画中人就像被钉上了十字架,永无超生。

在旅游景点吃到美好的食物

在旅游景点真的很难逃开食物的噩梦,越是出名的地方越是如此。很多年前,在三亚的海滩上漫步,那时候亚龙湾没有现在这么规训严格,还有几个摆摊的小贩。我和朋友去夜间的沙滩上游荡,本来就该晒晒月亮算了,结果海风吹得人闲情懒散,多嘴去问了一块奇形怪状的石头样貌的东西是什么,摆摊的东北大汉立即把那大块岩石上的活鲍鱼给摔死了,要连石块一起卖给我们。

我都不太记得怎么脱身的了。似乎朋友有上海人油嘴滑舌的气质,告诉他说我们有大批同事都在酒店居住,一队人马马上来吃你的海鲜大餐云云,这块硕大的鲍鱼就别卖给我们算了。反正颇有周星驰电影里唐僧的感觉。那东北大汉虽然久经沙场,本性没那么凶残,只是在遵守旅游区的餐饮宰客规则而已,越说大约他越良心发现，最后大喊一声，算了，不卖给你们了。

深刻而惨痛的旅游景点吃饭记忆。

后来学聪明了。宁愿多走路，走到远离景点的地方，哪怕花钱打车也要走远些，这样就能保证逃离旅游点的餐厅系统。那些可怕的系统其实长得很相似：廉价的装修，几乎没有任何像样的厨师，穿着花哨的胖阿姨挥舞着塑料薄膜封套的菜单招徕客人，上面写着西红柿炒蛋和清炒土豆丝的价格，当然陷阱不在这两个菜里。全国都类似，北京大前门和遥远的丽江、漂亮的青岛，外加游客如云的外滩附近，宰客餐馆们都流露出同样的气质，其实说白了就是一种中年市侩虎视眈眈的气息，闻到了，走远才是。

往往走上一段路，就能找到本地人吃饭的餐馆，这个不难，尤其是有了一定的社会观察能力后。本地人餐厅是朴素的，少人招徕的，气质疏松，但是进去之后往往有惊喜。夏天在峨眉山半山的小镇度假，山下是酷暑世界，山上很是清凉，代价是方圆几里内全是小镇开发者招徕的餐厅。其实在四川这种地方，即使是开发者组织的餐厅，也不会太难吃。我们每天早上要上一碗黄澄澄的卤肉面，再加一碗散发着甜蜜香气的甜酒醪糟，所费不过十几元，可我还是不满足，一定要走远，往山脚下走，那里有当地人爱吃的撒满了花椒末和大红海椒油的凉面，有用老面发酵的馒头，还有热腾腾放大量红油的抄手，一点不会因为你是游客就给你少放辣椒。最重要的是和当地人一起吃，看他们生动的面容和傻愣着提防你的样子，你会觉得，和游客们在宾馆大堂挤着吃饭，或者去那种挂着地方特色卤肉面的招牌的所谓特色餐馆，是一种对生命的辜负。

只要有脚，总能逃离游客区，当然，前提是你还要有发现美食的能力。有时候，同在游客区域，给游客吃的餐厅和给本地美食家吃的餐厅比邻。比如苏州的太监弄，闹哄哄的有钱人去到松鹤楼，去吃流水线生产出来的一天几百盘的松鼠鳜鱼。那鱼是提前片花，小学徒的手艺，然后进油锅炸好，全部摆在后厨，就像一排士兵，等待食客们进门，迅速回锅，挂酸甜汁，有何好吃可言？

可是只要你耐心，在太监弄上走一圈，就能找到真正值得吃的餐厅的奥妙，比如开在二楼的"新聚丰"。老板朱先生是个粗糙的中年人，热爱麻将，整天在店里和伙计们闹着打牌，说到餐厅的好菜，他就一点不粗了。秋天别人都吃螃蟹，简单清蒸，他不，耐心把螃蟹腿挑出来，和姜丝热烈地炒一盘子；或者把西红柿掏空，放进热气喧腾的蟹粉，酸汁中和了蟹的微腥，上面再盖上鸡蛋清做的雪花盖子，吃的时候才发现，蟹粉里还放了大量猪油，越发地润。谁要是老吃客，知道这里有几道需要预订的菜，并且做到了预订，一定会受到礼遇，因为老板爱吃，也喜欢爱吃的人，餐厅里高山流水的翻版。他这里有道三件子，用母鸡、老鸭和一只猪蹄膀耐心地炖五个小时，用的是特制的紫泥大砂锅，非预订无法吃到，可是只要能预订到，来吃的时候，老板一定兴高采烈，要亲自给你上菜，那菜光喝汤就足够，肉都是多余，喝一半，往里下细面条，味道殊胜。我是被苏州的老朋友带去吃过一次，此后，只要去苏州，一定预订这家，软磨硬泡，也要吃上这道菜。馋，总有馋的章法，不能把热量指标浪费在不好的食物上。

  有眼力，能走路，总能找到自己心仪的食物，而不至于误入旅游餐厅的歧途。不过这招在那种更厉害的旅游区往往不好用，比如威尼斯。整个威尼斯是个大游客集散地，能搬走的本地人基本上都走了，去哪里都是同样的餐厅，挂的菜单招牌也无审美，无想象。走得半死不活，往往只能进去吃一盘同样半死的意面，非常让人扫兴，还不如在超市里买羊角面包和大瓶果汁算了。我是待了两三天后，才突然发现，啊，还是因为没有走到真正的本地人居住区。往游客最稀少的地方走，风景不好，都是最普通的房子，一面面惨淡的窗户，爬满了树叶，酷似无人区，外面是几千年不变的泻湖的海水，可街道上人们的面目自然。路边的餐厅里挤满了快递工人和码头上的运输工，最壮实的劳工阶级，和他们坐下来，一盘黑乎乎的墨鱼汁面，外加一条半焦的海鱼，并不是特殊的美味，也没有拿威尼斯来做招牌，可是已经好吃惨了。尤其是墨鱼面，吃完嘴唇发黑，像中毒，也像施展魔法的坏人——是食物施展的魔术，我们心甘情愿地中了蛊。

也有实在无计可施的时候。在法国第一大旅游景点圣米歇尔山，风景是让人丧失警惕性地美，尤其是夜晚，海潮上涨，城堡被包围在海水中，简直让人觉得回到了中世纪古堡。可食品非常冷酷，就一味著名的鸡蛋饼，用某种奇怪的手法让鸡蛋膨胀，再膨胀，直到成为布满盘子的一只，承惠十五欧元，全岛统一价格，吃不吃随你。陡然让我怀念起幼年时春游的日子，自己带食物,饼干、茶叶蛋、各种廉价的小点心,是母亲昨晚细心准备好放在包里的。成年之后没有春游了,这种自带食物的事也已好久没有了,那种细密的想念,却撞得心脏剧烈地跳起来。

第四回

至爱亲朋叠就故里情怀
浮花浪蕊铺陈异地文章

我们走着迷失了方向,尽在暗的河边彷徨。
不知是世界离弃我们,还是我们把它遗忘。
夜留下一片寂寞,世上只有我们两个。
我望着你,你望着我,千言万语变作沉默。

——《苏州河畔》

那些年，我面过的月饼君们

年轻的时候，去山西漫游，大约是靠近大同的左云右玉一带。纯粹奔地名而去，那里就是最普通的北方县城，没有想象中的云和玉，倒是有种莽撞的荒凉感，粗壮地砸下来，符合那个通往口外的意象，再往北，就是草原游牧民族的地盘了。

到哪里我都想逛街，实在没有街，也要逛一个出来。县城小到晚上过了八点就全黑，没有开门的所在，我们的吃住都在县宾馆解决，逛街纯粹就是一个强迫症，多看看的意思。有个很大的门面，从里面透出昏黄的灯光，走过去，原来是个不对外的农家院落。半掩的门，院落里几位中年妇女不吭一声地忙碌着，天是黑了，可黑里透出一层干净的蓝。看见她们是拿着大的月饼模具忙碌呢，最典型的北方民间的制作法，提浆的皮，里面是冰糖和青红丝——逐渐被城市抛弃的老月饼，但想必还是当地送礼的基本必需品。我们隔门偷看了一会儿，她们还是闷头干着，却因为有外人的观察而生动起来，发出阵阵暗笑，窃窃私语，大约是说客从何处来。可是并没人理我。满院子的大月饼，足有几百个。

那月饼在烤的时候特别香，面粉的香味，混合着种种馅料的甜香，不过没人吃，估计都是准备送礼用的。我也没吃，因为也知道那种滋味，闻着不如吃着好。

北京的老店也都有这种月饼，老年人爱购买，大约觉得是一种最基本的月饼，代表着伦常，是月饼的正道。

小时候在湖北长大，最早接触的月饼，却不是这品类，而是苏式百果、苏式五仁。一吃，那些酥皮就簌簌地落下渣来。某个年代，苏式确实比广式要流行，也不觉得好吃，就是笼而统之地甜，大概我们那儿做得不够好。后来广风北上，许多人第一次接触到广式月饼，一下子，皮软馅靓的广式就打败了一切，尤其里面油润的咸蛋黄，珍稀品啊。再往后咸蛋黄炒南瓜片流行起来，加上中国养殖业的广泛发展，咸蛋黄越来越不值钱，随之是莲蓉蛋黄月饼的贬值。要知道，最早的时候，谁家有那种月饼，是可以在邻里间有种小骄傲的。

广式的月饼，多数人是先接触不正宗的，各地自产

橙餅

大柳丁連皮切片。去核搗爛。絞汁略加水。和白麪少許熬之。急剗熟加白糖。急剗入瓷盆。冷切片。

自销，包括著名的上海"杏花楼"。我在上海吃"杏花楼"，就觉得一味地甜，不管是豆沙还是莲蓉，包括五仁，都有种生猛的甜。本来上海人就爱甜食，可是那种又大又厚的甜，还是渐渐不被人消受，基本都是一个切成四份，后来又改八份。但此后各种奇技淫巧的广东月饼吃多了，回过头再看"杏花楼"，又觉得它那种甜也是老实本分，没什么不好。莲蓉不甚白，豆沙不甚软，倒都显示了加工的基本。也难怪这些年来，贩卖月饼票的黄牛们还是不离不弃地站在门口等着，都是上海本地爷叔，脸红耳赤的，叼着烟，滑头滑脑，这个时候样子一点也不可恶。收来各个单位的票，再转手卖给那些真的需要的人，赚点蝇头小利，上海人也是有种基本的老实在的。可惜"杏花楼"分店越做越多，慢慢这一景象，终会消失。

后来吃到正宗的广州"莲香楼"，不再是那些东莞小厂制造的广式月饼，也觉得惊艳，绵软清晰的莲蓉，像一块小云朵，在口腔里饱满地化掉。包括对面广州酒家的，也好吃。我吃广式还是喜欢这种老口味，像薛宝钗的金锁上的字：不离不弃，芳龄永继。但总不如早先的"杏花楼"让人感动——先接触的，哪怕是赝品，最初的口腔依赖形成了，也不那么容易消失。

上海流行鲜肉月饼。"光明邨"门口排队的人们永恒存在，实在没兴趣去排，而且按照规律，附近总能找到类似的。我家门口还有不知真伪的东区"老大房"现烤鲜肉月饼出售。有次走到幽静的华山路，看到门可罗雀的西区"老大房"，愉快地买了熏鱼，还有鲜肉月饼，包括神奇少见的海苔月饼——就是大块海苔撕成丝状当了饼馅。我平时喜欢海苔饼干，但对这种食品也很难欣赏，海苔有点过多了，不免腥气。不过这家老店不太会新发明什么，应该也是有知音在的。他家的百果也好吃，我始终觉得，百果就是南方的五仁。

很多时候，馈赠月饼的对象已经消失了，可是月饼还在。有年中秋在昆明出差，昆明的中秋，一直给我美好的印象，有专门的中秋集市，满满的货物，不止于月饼，各种廉价的普洱茶、肥美的火腿、下面的地市州拿到省城贩卖的土特产——酸角甜角火烧牛干巴油鸡枞鲜花饼荞饼和云腿罐头。当然，还有专门的厚重的火腿坨——强调火腿实在，是宣威上来的；强调饼皮酥软，是出自玉溪的一家老厂。后来才知道，吃云腿月饼挑剔的，都要定制，某家工厂食堂或者某个宾馆大厨，都有专门的目标。

　　要给一位回民朋友带,所以抛弃云腿月饼,特意选择清真老店的牛干巴月饼。嗯,咸甜的面粉粒子和牛肉的酥渣混合在一起,有意大利某种风味点心的感觉,好吃。现在给带月饼的人已经不知消失在哪里,那种口感,却还留在心上。

　　记忆这么绵长,好像那些月饼馅的甜腻。回忆里,不愉快都被过滤了。

不吃猫的理由

看社会新闻，经常有人以猫为虐杀对象：比如一个人往收养的流浪猫身体里打进去几十根钢针；比如上海某下岗职工在楼房里以杀流浪猫为业；再比如，我刚做社会新闻的时候，去到东北边境和俄罗斯交界处的一个小城市，那里有个寂寞的女护士把猫踩死，拍成视频在网络上传播——算是某种奇异的性唤醒方式吧。

我们永远无法知晓他人的内心世界在激荡着怎样的暗流，窥探和研究，都是枉然。

那个女护士后来还在网络上声讨过我，说侵犯了她的隐私。此时节我刚当记者，战战兢兢，工作认真负责，调查了她最爱读的是一本四元钱的《妇女生活》杂志。她和丈夫离婚后，自己生活很是寂寞，和县城电视台的某员工合谋干了这个，出现在医院里又依然温柔敦厚，以至于她的同事们完全不相信她能干出这种事情。

报道出来，她的生活想必不会平静。但看那段视频，一只尚在稚龄的小猫还不知道厄运将至，还在这个四十多岁黄发庸俗的女人怀里喵喵叫着,然后被她突然用高跟鞋踩入眼眶。我恨她。

完全不在乎有没有把她的生活毁掉。

她的控诉信还真有回音,开始有人探讨猫重要还是人重要,真让我困惑了,恍惚觉得猫的生命似乎不如人的一生重要。多年后,和我的朋友于总聊天,她养了两只胖猫,一只叫勇敢——勇敢并不勇敢,我去她家从没见过它的芳踪,永远躲在床下,看照片长得有点像受惊的鸟,一只躲藏在杯子里的胖麻雀;另一只叫尼将,是勇敢的外婆,真是美貌极了,也像鸟,像只被关在笼子里的金丝雀,不能跑出去玩,但被于总宠爱得至为高贵。两只猫构成了于总的美好人生,她坚定认为,猫比人类伟大,在人和猫之间,她选择猫的生命。

她买进口猫粮,买豪华的带有空气净化功能的猫厕所。她倒买倒卖芽柏的所有收入,都捐献给了流浪猫组织。

她已经完成了自己的哲学体系,说她不得。

要是于总在潮汕乡下,不知会不会发疯。我是为采访黄光裕的童年往事,才去到了遥远的潮汕乡村。那里并不富庶,很多庞大的垃圾场堆积在田野里,据说黄光裕早年也是捡电子垃圾发的家。路边时不时闪现一种小店，招牌都没有，如果有，就是勉强的"猫狗火锅店"，坐在包来的破轿车上，突突突隔一段就看到这么一家，恰与垃圾场相配。潮汕乡下特有的低矮的黑乌乌的民居，衬托着剥了皮的猫狗尸体，被某种药水处理得雪白，放在陶土的大缸里。估计是等待客人点餐后，再解剖尸体。看得触目惊心，实在是无心久留，只想逃走。

如果有猫狗的地狱，应该就是这里。

汕头城里就好，一片富丽堂皇的人间盛宴，完全没有猫狗地狱的惨象。我看过一个新闻调查，似乎是用断肠草和猫火锅毒死官场上的竞争对手，案发地点也是在广州的乡村。我唯一好奇的点不是断肠草，而是猫肉火锅。怎么会有那么多猫？

其实想想也不奇怪，高速公路上常年有运送猫的卡车，一车车，通往两广，那里是它们的奥斯维辛。

被抓走的流浪猫真是不幸。我家从来养猫，而且住在一楼居多，所以幼年就有家猫从窗台被人偷走的经历。现在想来，真是芳魂邈远，应该已经转世投胎了。

似乎我家养的猫很少善终。有只可爱的小黑猫，抓鱼缸里的鱼，把自己给淹死了；还有只大黄猫，发烧死了。哭着用鞋盒给它做了棺材,埋葬在我的小学后面的湖边。那时候荒地容易找,学校边上都是荒凉的菜地,我们有时候去偷萝卜吃,其实辣辣的,不好吃;还找蚕豆叶子吹泡泡,因为那叶子表面有薄膜可以吹起,往往被农民追得落荒而逃。

不像现在的城市,要找个地方埋葬自己家的宠物,估计特别困难。

两广人吃猫吃得振振有词,很难去批判他们,只能做到保持目不斜视地走过这些店,其实也是为了不刺激自己。别的地方似乎少有吃猫的习俗,作家金宇澄在散文里写过他的邻居,一个黑衣广东中年妇女,穿着木屐,估计是从前大户人家的仆妇,后来留在沪上,天天在自己家的灶台上煲猫汤,边喝汤边吐骨头,还时不时有情人送野猫来讨她欢喜,看起来真如日本漫画中的荒巷妖魔,日日夜间潜伏,抓猫而食,实在是人间变相。

这种人,都应该给他们看一则《阅微草堂笔记》里的寓言。也是某官太太,性爱食猫,抓住猫后扔进石灰缸,这样保证猫肉晶莹剔透,旁人劝她只是不听,后来因果报应,死的时候浑身长毛并溃烂——我理解是纪晓岚的夸张——并发出嘶嘶的叫声,这个倒是可能,总之非常凄惨。

为什么不吃猫？完全没有深入地想过。如果是文化人类学者，估计有很多解释。我只是模糊地觉得，猫太可爱，可爱的东西，去吃它就太残酷。可是羊羔、鸡鸭雏，也不失可爱，我吃起来就没有心理负担。我们家收养的流浪母猫，一天到晚抓鸟，并不吃，只是为了满足自己的猎人本性，那些在我家院墙上的小鸟也可爱，可是我妈一边骂它是"白魔鬼"，一边还是亲昵它，天天喂它昂贵的进口猫罐头。

能说猫就一定比鸟可爱？似乎并不。

后来看很多研究，说猫的智力相当于五岁的孩子，于是有了结论。可是问题又来了，猪的智力也并不低下，还有狗，更加温顺亲人，但是我偶尔在边疆，比如长白山下，还是吃过狗排的。依然无解。

好像是作家厄普代克，写过一篇小说，写自己的母亲住在遥远的乡村，收养了一百多只猫，后来母亲死了，邻居让他处理后事，他用枪一只只瞄准那些小动物，边回忆他母亲，边杀死了这些与他母亲做伴的生灵。我看完震动不已，突然明白，为什么坚决不吃猫。因为猫是我的回忆，是我成长过程中的温存和美好。成年后尽管少养猫,但是在花莲小客栈里,偎依在脚下的那只虎斑,在琅勃拉邦,神庙上那些并不好看的暹罗猫,都延续了我的生命记忆,让猫长期温暖柔软地住在心里。

  怎么可以吃它们呢?

文人谈吃,及其性情

我是二十世纪七十年代出生的人,关于食物,没有什么饥寒的记忆,可是也不富足,粗茶淡饭的饮食系统而已,所以特别馋。小时候看的第一本关于吃的书,说起来颇为古怪,是天津科学技术出版社出版的《大众菜谱》。那是出版业刚刚涉足生活类图书的阶段,每本书都出得认真而笨拙,那本书也不例外,专门邀请了津门厨师的写作班底,认真地写了本当时普通人家完全不能执行的菜谱。就拿八珍豆腐来说,光是配料所需要的火腿、玉兰片、金钩、水发海参等在我成长的中原小城就闻所未闻,所以那本菜谱基本成了陈设品——甚至连勾起食欲都不能,因为食欲的引发,还是需要被勾引者有过类似的味觉。没吃过西红柿的欧洲人,开始都觉得这种果实有剧毒。

我父母是小知识分子,就爱买这种不相干的书籍。

孔聖曰君子食
無求飽居無求
安敏於事而慎於
言就有道而正焉
可謂學浮其宗矣
孔子心專力勤
余嘗謂夫倚行人必
得學禪家參悟道
家功夫敦儒家品行

養真集句 書

我记得我们家还订《考古》杂志，也是一点用都没有，可是，那时候什么出版物都有人买，就因为被压抑久了的好奇心。

总算后来他们买到了1979年四川科学技术出版社出版的《大众川菜》。这本书现在已经被炒到了高价，真是经典。作者是当时四川的一批烹饪精英，现在看来都是大师，比如胡廉泉、杨镜吾。光是开篇的回锅肉就与众不同，配料需要甜酱、青蒜苗，外加红白酱油，是晋升三级厨师的入门菜肴。千万别以为是个川菜厨师就会做回锅肉，按照这本书的经典标准，多数厨师不合格。前段时间，网上某篇很红的文章提到麻婆豆腐应该用猪肉还是牛肉的话题，下面的争论打成一团。其实这本师傅传承的菜谱写得非常晓畅明白：鲜牛肉剁成末，郫县豆瓣剁成渣，炒至锅内红油出现的时候再加牛肉末，二者同炒出鲜味儿时，掺汤烧开，下豆腐——应该是直接记录的大师傅语言，一点不僵死，实在是活色生香。后来看了无数本菜谱，都没有这两本给我的印象深刻，一是启蒙阶段，二是有规矩的时代出版的有规矩的出版物，无一菜无来历，清楚明白。川菜体系那时候还不贡奉麻辣，菜味厚重，但是讲究调和鼎鼐，注意君臣佐使，整个宴席的搭配有辣有鲜有甜有酸，绝对不会让麻辣独自唱主角，这就比现在多数川菜书籍高明。

菜谱之外，关于食物的书籍越出越多。当时正值百废待兴，什么书都出，大概也没有什么系统。这时候我读到一本奇书《山家清供》，被大大地带歪了路——从此走上了文人美食书籍爱好者的道路。

《山家清供》由南宋林洪所书。他号称是以"梅妻鹤子"著称的林和靖的七世孙，出尘之志和老祖宗相比，一点不逊色。所谓清供，是和浊食相对，而且选择山家，越发清素。宋代的哲学观念讲究"格物"，什么都要弄明白，所以这本书很有科技图书的特征。比如开篇的"青精饭"，就是拿南烛木，也叫旱莲草，捣碎了染米饭，还有用青石脂的，据说是道家方子。看起来真是说不通——石头怎么可以吃？可是作者振振有词地告诉你，《神农本草经》里就写了，没错。想想也对，魏晋人民也吃五石散。

因为强调山林，所以每道菜都突出山野之味。比如第二道"碧涧羹"，其实就是水芹菜煮汤；"太守羹"，说的是某个廉洁太守的故事，用园子里的苋菜和茄子煮羹。小孩子看不懂这些菜，但是直觉不会好吃，太清淡、太素朴。后来看到说笋烧肉这道菜不可取,肉会败坏笋味的时候,我还很生气,这什么破书啊。现在想想,这不就是一个胃口不佳但志向清奇的中年文人所作的风雅食谱吗?放现在,如果有现实世界的对应物,应该很时髦,因为全是高格调食物啊。

同时期的《东京梦华录》就朴实得多。虽然很多宋代食物已经消亡,可是作者怀念的时候带着温度,就像张岱晚年写从前那些骄奢淫逸的生活一样,又亲切又遥远。仅仅一道羊肉汤饼就能让人半夜睡不着觉,夏天开封人避暑用的绿荷包子,冬天在菜窖里培育出来的嫩韭黄,想着都是美味。文人谈吃的著作,其实不用多么格物致知,能引起感官的垂涎就好。袁枚的《随园食单》简单易行,只有做法——不过据说也是道听途说居多。但是这本书的好处是给出了若干烹饪原则:比如浓重的菜应该味道更重,而清淡的则任其清淡;有可荤可素的菜,有只能素吃的菜,也有必须和荤菜混合的素菜。这点就比《山家清供》高明,饮食从来不是件拘泥人的事情。当然,袁枚吃得好,加上游历广阔,知之而后行。美食家,很少是穷人。上海的家常菜市场里,一定有现杀现做熏鱼的,我们家也不例外。家门口小市场的熏鱼没有"老大房"的干燥入味，但是胜在新鲜热辣，所以好吃。近年发掘出来的张爱玲抄给美国朋友的菜谱上的熏鱼做法似乎是家常做法，要花时间在汤汁中浸泡，而菜场上一般是先炸后泡，速度快了许多。从菜市场杀鱼那刻，到熏鱼拿到餐桌上，往往只有一刻钟时间，能不好吃吗？

相比起日常生活里的美味经验，当代所出版的谈吃的书，往往都是画饼充饥，并不能太认真对待。

当饼画不圆的时候，突兀就来了。看逯耀东连续出版的几本谈吃之书，实在是有点好笑。在书店里翻到一篇《苏州的面》，这是我当年的心头所好，所以没多想就买了。

可是，一翻开就发现问题。他记录的江南饮食大多是八十年代的产品，那个时代并不算中国饮食的黄金年代，虽然食品安全问题不像今天这么严重，可是竞争性太弱，是态度不好的国营餐馆的天下，从台湾来大陆寻觅美食的老先生往往气得要命。

他的书籍名为美食读本，可重点在抨击原料的不新鲜和服务态度的恶劣，看着没太大意思。比如他提到的苏州"朱鸿兴"观前店，基本就是游客聚集的地方，现在也不讨人喜欢，油渍渍的黑木桌子，用玻璃隔开的厨房里看得见苍蝇在飞舞。陆文夫在自己的名著《美食家》里重点写过早上四五点钟去吃头汤面的乐趣，可是逯耀东全然看不到，只说面不好。

我在有一年全国粮食涨价的时候去过一次——那家店似乎善于制造紧张气氛，写上"粮食涨价，本店面点一律调价多少"的通知放在门口——好像一碗焖蹄爆鳝面要十块零三毛，怪就怪在这三毛。不过他家的焖蹄真是像魔术一样，本来是冰的腻的白石，在热气腾腾的面里一泡就透明起来，发着玉石的青光和香气。

按照陆文夫办的《苏州》杂志的指导，我还去了一家"味美斋"寻面。就记得那里的姜丝两毛钱一碟，放在柜台里面单卖，当时还不太明白，又不是吃镇江肴肉，不知那些小碟姜丝卖给谁。苏州真是小气得有些精致化了。后来才知道，这些姜丝可以配爆鳝面，或者爆鱼面，好在本地的人都接受。"味美斋"在长发商厦附近，吃客大多是那些丰容盛鬋的中年女营业员，热情地说着，冷漠地吃着，吃完不忘记掏出口红来当场擦，并不在乎嘴角残留的面汤。那几年《苏州》杂志由陆老办，很是重视挖掘苏州本地的美食文化。苏州的面还是小事，其余比如苏州的节气饮食，每个月连主吃的鱼都不一样；比如为何苏州贡米做的糕团格外紧实又松软，外加每家老酒楼的掌故，这时候才知道，自己关于吃是如此孤陋寡闻。

逯耀东说他在苏州买"黄天源"的糕点，因为没尝过，一样买一块。我边看边奇怪，"黄天源"的糕方重、厚实，红色的枣泥方糕和豆沙的条头糕从来都是一块买来两人分食的。那雾蒙蒙的玻璃柜子起码有十余种糕点，猪油和的馅，更是不敢多吃。

果然，逯耀东买来几十种后全部带回旅馆，一块啃一口后即扔到垃圾桶里，说是"糕太大，馅是猪油，偏腻"。在沪上也是如此，边吃边扔，反正价廉——依旧是嫌弃着。那个年代台湾暴富，有点像现在的大陆，满身黄金首饰的男人女人在世界各地抢购，逯耀东也在抢购吃——倒不必用"汗滴禾下土"去批判他，谁都有纵情的那刻，但是谈吃谈到抛弃吃，也过于粗糙了点。

文人谈吃，可以看到每个人的性格。我们那个时代还流行一本书，梁实秋的《雅舍谈吃》，不过也不怎么好看。他的问题也明显，重点不在品吃而是忆吃，而且没有食家作风，基本不会亲自动手。他的忆吃也是道听途说。看他写面条:"用一只蹄膀煮半锅汤,然后把银丝面放在那小半锅汤里煨,煨半天后面干汤尽再吃。"完全觉得不靠谱——他甚至都不会煮面,面条又不是铁丝,半天后早已经魂飞魄散,哪里还有原形?还有一个吃包子的故事,说是有人拿热包子举在手中,结果一直烫到胸口。后来才知道这是从一个相声里听来的。

可是,忆吃也有忆的好处,比如在老先生印象中被美化了的羊头肉。在台湾肯定吃不到北京那种廉价的贫民食物,所以老先生把那种食物说到了极致,说是切得像纸片一样薄,上面撒花椒盐吃。后来在北京吃到,哪里有这么好吃?还是回忆的温度够了。

看汪曾祺写吃的文章,如果没有去过他的故乡高邮,就会觉得无聊。他擅做的几种家常菜是把南方风物硬行搬到北方,充满了怀乡感。在他家乡高邮的小店里,清蒸的鳜鱼,还有他念叨的鸭血豆腐,皆因离水近的缘故而清鲜异常,离开了,要复原还真难啊。

反倒是一些不以谈吃为主的书,里面偶尔有吃痕闪现,却是好看。看老中医陈存仁写的荤食介绍,非常津津有味。里面写汪精卫这个美男子为了养颜,每顿吃一碗鱼肚,因大多是胶质,吃完了一定要散步,否则很难受。汪精卫的老婆陈璧君据说也馋。看他们倒台后大小汉奸写的交代材料,说陈去杭州等地视察清乡工作,一定要去若干老饭店吃特色菜。那时候老饭店一般都隐藏在街巷中,又脏又破,而且她不考虑保安工作难做,非要去现场吃,嫌外卖没有当场食清鲜(真乃食客也),否则就不给接待者好脸色。

结果大家不得不冒着被暗杀的危险,陪同她去各个小巷的老饭店吃鱼虾之属,包括那时候濒临倒闭的楼外楼——吃的也就是些醋鱼、虾爆鳝之类,据说那时候店面脏到了地面全是一层鱼骨头的地步。陈女士镇定自若、面无表情地吃完走人,接待的小汉奸才松了一口气。

吃的书要好看几乎很难,可是文学大家都喜欢在自己的书里带几笔吃的。我们不提曹雪芹复杂的螃蟹宴和松瓤鹅油卷,光是《金瓶梅》里最会烹饪的家人宋惠莲用一根柴火就能烧得稀烂的猪头,就很诱惑人,更不用说馋得清客相公们总来蹭饭的"糟鲥鱼""腌螃蟹"了。不过作者醉翁之意在于通过食物写人,不是单纯的写食主义。

张爱玲的乡愁邂逅乾隆皇帝的菜单

张爱玲在《谈吃与画饼充饥》里说她的家乡小吃粘粘转,其实也是想象,毕竟是她从来没有去过的家乡——也是现代人才有的乡愁观念:

> 我姑姑有一次想吃"粘粘转",是从前田上来人带来的青色麦粒,还没熟。我太五谷不分,无法想象,只联想到青禾,王安石的新政之一……我姑姑的话根本没听清楚,只听见下在一锅滚水里,满锅的小绿点子团团急转——因此叫"粘粘(拈拈?年年?)转",吃起来有一股清香。

这种吃法很难想象。青麦粒甜食或者咸食?我对安徽菜很是陌生,除了对古徽州一带稍微有点明白,合肥现在的饮食完全没有好印象,就觉得咸。屡次出差,都是被熟人带着去他们以为好的馆子，只有咸和辣，包括他们总喜欢点来炫耀的臭鳜鱼，甚至比不上北京的安徽馆子。

当下的中等城市往往吃得不好，因为被外来的菜品冲击坏了，尤其是前些年流行过的粤菜川菜加湘菜，简直是颠鸾倒凤般的冲击味觉，把传统味道毁了一半。外加原材料也不好，不够新鲜，只有靠厚味来掩饰，倒不如小县城，守旧加上食材好，吃得好。

想象中的安徽菜肯定不是如此。张恨水写《春明外史》，男主角也是安徽人，爱好南味，女主角知道他的爱好，老是自家烹饪几味南方菜肴，给客居京城的他解馋。有笋的清鲜，有鱼的柔腻，也有火腿煨汤的厚味。这本书很是滑稽，男女主角始终守身如玉，原因是女主角有隐疾，不能婚配。这个奇怪的原因简直没有说服力，不过倒是给读者很多猜测的空间——不婚，所以格外做好菜款待男主角，借助食来补充色的不足？或者仅仅是作者想念家乡的味道，借此写了出来？

张爱玲也读张恨水，可惜她没去过安徽，味道又是一个非要尝试才能知道的东西，靠文字简直说不明白。领袖说过，要知道梨子的滋味，尝。所以张爱玲的"粘粘转"终究是归于空虚，就像好天气里飘在天上的一朵小云，粘上去，小画儿一样，飘零的漂亮。

何况她是后来在海外写的这种遥远故国的食品，更是不可说了。

现代人的乡愁，很多是形诸语言的，因为没有回过故乡，便只是个名词。名词里又衍生出名词，成为一座名词的山峦。二十世纪的中国人，动乱不停，迁移不定，关于故乡的知识，大都是建构出来的。许多大都市的人填起籍贯来，还是陕西河南广东，但是甚至一辈子无从拜访过。父母亲那辈已经移民，他们从小就一直吃着当地菜，或者说，食堂菜，粗糙的日子容不得讲究。加上从前穷，钱得算计着花，提起家乡来都是寒酸的穷亲戚，不够坦然。所以那种种乡愁，近乎影子，像是水墨画上最轻描淡写的一笔，可有可无，哪里还能有理有据地写上。

一直在某处定居的人，也无从有故乡的概念，因为一切都是贴肉的，无疼也无喜。小城市居民，本身文字好的也稀少。唯一写故乡写得好的，也就是几位"五四"文人，因为从乡下到大都市，光怪陆离之时，偶尔会想念家乡的清欢。

真是清欢,就像周作人文章里淡得几乎没有味道的豆腐干和黄酒。

说这么多,是因为翻看论文,里面有乾隆下江南时的菜单,提到真实的"粘粘转"的做法。乾隆三十年四月,下江南途中,在山东夹马营和马头营一带,皇帝吃到了"粘粘转"——据说是那个年代北方民间经常食用的食品,宫中也有进贡。这次应该是季节凑巧,下面人也凑趣逢迎。乾隆关心农事,下大雪滋润了土地,一定要写诗,碰上新麦抽穗,自然也不会放过。这种食品的做法是将新麦穗煮熟,剥去壳,然后磨成细粉,最后是一碗清香的面条,叫"粘粘转",也叫"碾转"。应该是象形命名法则,"粘粘",其实是磨旋转的样子。

久寒的大地出了新苗,在农业社会自然是大事。可是又不能大吃,毕竟是新粮食,吃太多有糟蹋的嫌疑,所以应该是富贵吃食。想象中那面条绿色尚未褪尽,加上红的火腿、老母鸡炖的乳白色的汤,定然美味。乾隆的菜单很是有趣,天天"肥鸡大鸭子",看起来都很腻,没多少奇技淫巧,也没有螃蟹的影子。

去陕西驻京办吃饭,点了爽口麦仁。用麦仁拌菠菜,一大盘,新绿加重绿,陡然明白,这麦仁,大约也是冷冻的新麦,也可以做成"粘粘转"。不知道为什么调出甜酸的味型,而且有点腥,也是一道奇怪的菜。随手记下来,当是记录流年的意思。

两个跑堂的对决

"清真皇城坝"的一位女跑堂,有张生无可恋的脸。尽管事先已经预防了,知道这家美味老店的服务员态度不好,没想到这么厉害——倒也不是不好,就是特别,两手插在裤兜里,点菜的时候也不拿出来,因为烂熟于胸,你点什么,她都从鼻腔里发出哼声,也不写菜,很像在生气。

我们点了粉蒸牛肉、凉拌牛肉、肺片、泡椒牛肉和萝卜牛肉汤,还想再点,她说够了,不够再点,这是她和我们说的唯一一句完整的句子。自始至终没有写菜,只是哇哇一阵叫嚷,我这么惯听四川话的耳朵都没听懂。几个白围裙的中年男子上菜,又快又熨帖。果然好吃,尤其是凉拌牛肉,不比偶尔吃一次的云南百货大楼旁的那家清真牛肉店差。放香菜、红海椒碎末和花生末,而且是现拌现吃,老派川菜的态度,非常尽责任,但是不以为这个是责任。

这两天和石光华先生聊得多。老牌川菜佐料未必多，但精准，比如蒜泥白肉一定要用的某种酱油，现在就少了，很多味道也不正。这家皇城坝老店，一共二十个菜，不求多，虽为清真菜肴，但连羊肉都不供应，味道也就单纯起来。

咋个知道的连羊肉都不供应呢？是因为第一轮点完，要吃第二轮，对菜单里的脑花质疑了一下：到底是牛的还是羊的？女跑堂是川地常见的贫穷妇女长相，眼睛小，皮色黄，满脸厌烦，只用手指自己脑袋。大概是我蹩脚的成都话没使她明白，误以为我问什么是脑花，所以以手点脑，仍然拒绝说话。我再问有无羊肉，才不屑地说，没有羊肉。

吃完了，连盘子都不收，据说是方便算账。结果女跑堂几乎不看盘子，冷淡地说，二百十。她的整个态度是如此冰冷，反倒引得我们一直窃笑，因为她给所有人点菜的身体语言太经典了——侧身站着，手插裤兜，斜视，上演现实中的"睥睨"。

应该都是回民。出门接电话，看着暗蓝的天空下模糊的古朴红字招贴，写某日上午要过"圣纪节"，所以

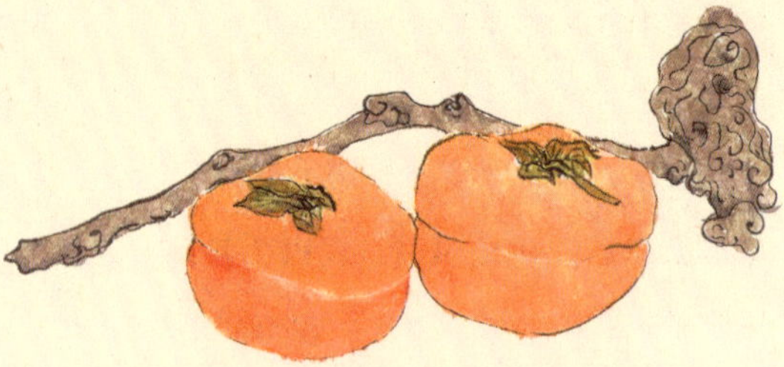

不开张。这女跑堂的穿着打扮就是陈旧的粉红罩褂,实在不像成都人,也不知道她的来历,更让人觉得有趣。

接下去两日和成都的设计师王亥混在一起,和他聊了许多他开在香港的作家餐馆的故事。那个餐馆,缘于太太爱做菜,做各种最老套的四川家常菜。其实也不离奇,现做现卖而已,口水鸡、红烧豆瓣牛肉、凉拌花生米豆腐干,外加麻婆豆腐。太太胳膊没劲儿,每搅拌一盆凉菜只能装三十余盆,整个餐馆只有三十六个座位。

王亥消瘦,瘦到可以和同样瘦的太太换衣服穿。两人做餐馆赚了钱,一点不亏待自己,买香港最贵的大牌穿,有件全港独此一件的名家设计的高领开司米毛衫,两人买来换着穿。

他负责上菜,发明了一套上菜哲学。分餐后,每人只有一口半的菜量。四道前菜一道汤,之后是五道热菜,最后是点心、甜品。太太做,他端。每道菜上的时候,前面的一道一定吃完了,不给多余的量,而且桌上没有多余的盘子,那餐桌像是艺术品。"你控制他,他反而觉得好吃。"在王亥看来,这是规矩,吃饭有规矩才好,每餐饭在两小时内吃完,不管你喝酒不喝酒,吃完快走,别耽误。

开了十五年，香港名人都来过，都愿意受虐。菜不因为在香港而减少麻辣，味精也没少放，不过按照他的说法，放的是四川的粮食提炼的味精，他俩觉得不化学，鲜美——我轻微地质疑，味精不都是化学制品？不是的，我们的是粮食的。是那种不容置疑的人。

餐馆也不提供刀叉，各国人都不例外，"法国餐馆也不提供筷子嘛。"黑社会大佬来吃，特别规矩，大约来吃开设在中环的这家时髦餐馆使他们觉得面上增光。反倒是投行的犹太人来吃最让他烦，又要刀叉，又往桌上吐骨头。他一概不给面子，刀叉没有，骨头吐桌上，我给你捡，连捡六次看你还吐不吐。

他说自己是香港最有文化的跑堂，大概确实不错。"文革"时，他十几岁就被叫去画街头海报，二十岁考上川美，得到全国美展的二等奖，比老师还强。不过我听故事，记得的是后面隐藏的细节：餐馆连续开了十五年，夫妻俩不敢生病，因为预订的人多，很多预订已经排队到第二年，不能让人等一年还吃不到，又不能换人做菜和跑堂，只能自己奋斗。最惨的时候，王亥因为肺炎去医院吊针，到六点开张前就跑回餐馆。

太太做的其实都是八十年代的四川家常菜，去香港早,后期流行的很多菜根本不会做,包括火锅,包括串串,只会老老实实地做烧菜。王太少女气息强,说自己和妈妈学的几道烧菜,莴笋烧肉、土豆烧肉,外加她最拿手的红烧牛肉,要在最后起锅前五分钟,放进剁得特别碎的鹃城牌郫县豆瓣,面上的红油才又香又浓腴。听起来,简直像是李劼人在他的小说《大波》里做的菜。

把餐馆做成当代艺术,这也是本事。

听完故事,不知怎么,想把皇城坝的女跑堂安排在王亥这里,或者让王亥去女跑堂那里,让来自民间的艺术家,会会比较得意的当代艺术家。

两人见一面,如西门吹雪,见见陆小凤。

测试一家餐馆的尊严底线

现在各个城市流行着文艺男女青年餐厅：装修要小清新，菜式要独家，最好有几道什么某小姐的虾、某先生的蟹，再加上不预订位置的饥饿营销，基本都会火爆。这次去无锡，朋友费了好大劲预订餐厅，带我去享受美味，也是这么一家店。在别墅区，门口的院子搭上了玻璃天棚，里面是各种木头长桌和花花草草，流行的多肉居多，外加一两架装点的秋千，像个欧洲老房子的后花园。无一例外还有只懒散的肥猫，在吃饭过程中盯上了我，不断地以各种造型要桌上的螺蛳肉吃。

传统菜好吃，无锡的油爆虾，关键是虾选得好，正在褪壳期间，软软的，加上剪去须尾，虽然高油高糖，也还是好吃。文艺女青年也并不是不会做菜的。据说特别善于包馄饨，热爱手工劳动，每天用虾仁和瘦肉包1000个馄饨，晚了就没有了。这馄饨也鲜香。

在餐厅还匆匆见了文艺女青年一面，戴眼镜，穿花裙子，森女范儿，平时也写文章，应该可以想象文章的风格。

最后上的一道菜，却委实让人失望。北京的"叫个鸭子"火了，小城市并不流行电商，却把这名字学会了，上了一只热油锅里出来的肥鸭子，蘸辣椒酱吃，远不如一道扎实本分的酱鸭好吃。还有每桌必点的挖空的面包里装洋葱牛肉粒，也是近年一道装修时髦的餐厅的流行菜。可以看到文艺女青年的上进心，不能被时代抛弃。可这两道菜为什么要在无锡吃呢？

要说为了当下无锡市民的时髦心态吧，那也得做好啊。后来才知道，"叫个鸭子""叫鸡"这几个菜名，现在在无锡各个餐厅都流行，要是进了一家餐厅吃不到，大家就觉得无趣。由不得饭店不遵从。

赶时髦，往往是露怯。就像并没有大长腿的美人一定要赶时髦露出腿，只显得没自信，颇有点荒腔走板。

有尊严的餐厅，这时候反而显出好来。去吃无锡另外一家餐厅"杨记"，朋友推荐的，连大众点评网都没有上。门面不大，老板娘是干净利落的无锡本地人，有点像《红楼梦》里的管家，动作麻利，口舌便给，面目也清秀。我问能不能刷卡,非常得意地说,我们这里是正规餐厅,什么都有。口气里有种小户人家撑起一片天的自豪感,听起来也舒服。

这才注意餐厅里面的装修,青山绿水,爽利极了。点的都是她从市场上寻回来的本地应季菜:有太湖的大白鱼,鱼肚颇肥,吃起来满是膏肥感;有螺蛳蒸野生的鳝段,据说是太湖北岸特殊的做法,苏州那边就没有这么做的,吃起来才知道这么做的理由——蒸鳝鱼所流淌出来的鲜汁,又被螺蛳吸收,一嗦,特别美味——每道民间菜的长期流行,都是有理由的,并不是听个名字照抄那么简单;还有金花菜,规规矩矩用白酒喷了,一大盆,整齐舒展,几乎能看见后厨的师傅做菜时长袖善舞的样子。

想尝一道蟹粉豆腐,老板娘说没有开始做,因为蟹还没到时候,现在很多餐厅的蟹粉,基本是陈年的冰箱货,并不可吃。这点也好,有就有,没有就没有,对食物也有基本的尊敬,是一个餐厅保持尊严的基本点。

去过许多餐厅的后厨。好的厨师,就像时刻面对着摄像机,一招一式都有章法,动作很是漂亮,是多年来的自信。这种自信,反映到菜上,就是总能做几道特别

熏麵筋

麵筋切小方塊煮過甜醬醬四五日取出浸鮮蝦湯內一宿火上烘乾再浸蝦湯內再烘數十遍入油略沸熏食亦可入翻炸。

厉害的菜，不为流行所左右，也不为名目所欺骗，该干嘛干嘛，外面的喧嚣与他无关——也像名角在舞台上，唱念做打，样样纹丝不乱。

特别喜欢以不乱为标准，灯光齐射，舞台上闹得不堪，名角照样连个抖袖子的姿势都有层次。乱象里的坚持，方是人生的立足点。

不乱的餐厅，往往是有尊严的餐厅。并非说就要因循守旧，几十年不变，而是能够在一片潮流中找到自己的章法，慢慢地敷衍铺陈，最终成就自己，就像《霸王别姬》的台词：人，终究要自己成全自己。

比如北京的几家清真老店。熟悉餐饮的都知道，清真菜的师傅多，做菜有传承。我们去"西来顺"，门面老旧，可是桌布极其干净，那白布都像现用蒸汽熨过一样，温暖燥热。里面的它似蜜，还有葱爆羊肉，端上来永远合格。又要说回"不乱"这个词，心有所属，才能不乱。老店的师傅们是可以想象其外貌的——把自己收拾得干净利落，做完油腻的菜肴，衣服上也不会沾染太多油污。在日常生活中，同样也是让人尊敬的人。

尊严感，真与餐厅的装修和菜品的多样没有关系，基本就是厨师章法和生活态度的体现。去台北永康街的

"鼎泰丰"老店。最早的时候，这里就是家小食店，格局颇小，一楼甚至都没法坐人，但是现在二三楼收拾得窗明几净，并没有传说中市井小店的局促狭窄。四周墙上，挂着老板多年收来的老画家的作品，有不少是台北故宫的专家，都是最早在他店里吃包子时认识的。服务员衣着干净时髦，门外几百名游客招呼得井井有条，一点不会起纠纷。

菜品也好，没有因为高度游客化就偷工减料，哪怕是最小的菜品，也不会怠慢。我和舒国治去吃，他点菜，要无需牛肉的牛肉清汤面，那汤的浓腴里，都是时间；一碟泡菜，清爽简单，用来配面特好；小笼包也是味觉饱满。走自己的扎实路线，不管外面的世界是如何花哨可喜，它做的还是自己的老一套。这种老一套，不会过时，也不容易被抛弃，因为里面有尊严感打底，成就了一个又一个的餐厅传奇。

一种至爱亲朋才能吃到的美味

去济南玩耍,在朋友的食堂看到他们的员工餐,都是猪肉丸子炖白菜豆腐粉条就雪白的大馒头。山东人爱吃馒头,以自己的馒头为自豪。两个馒头就这么一海碗炖菜,听起来不怎么样,可特别香甜。突然想到自己小时候,父母在家特爱做这道菜,尤其是过年时。

过去把年过得特别盛大。我父母都是北方人,似乎过年前两夜都不太休息,在那里守着油锅炸丸子,又焦又香的褐色肉丸,需要几个铁锅来装。小时候馋,会守在边上拿热的吃,现在是没有这种胃口了。

山东吃这种猪肉丸子熬白菜粉条豆腐,渊源已久。写山东风物的《醒世姻缘传》里,土财主狄员外进京找厨娘,中介问他有什么要求,他说乡下人也不会天天肥鸡大鸭子,更不会吃燕翅,也就是吃个豆腐罢了。结果这厨娘又高又胖,手艺不算非常好,可是做事麻利,先把市售的卤肉切了两盘子,然后用白菜熬煮豆腐,非常简单的北方食物,把狄员外吃得眉开眼笑。

人性是复杂的。回到家乡,狄员外请客,特意让厨娘把螃蟹完整地剥出来,不带壳,做汤吃,还是要显示自己家的豪华程度,并不是顿顿白菜豆腐。

济南菜当然也不全是食堂菜的白菜豆腐丸子这么单纯。后来吃老鲁菜,是一家属于官府菜系统的店,索性就叫"儒家餐馆",规定有若干不食,总之就是强调自己多么有章法。有九转大肠、浮油鸡片、雪花蟹粉,都是传统菜的架势,都比北京的同类菜好吃,可有多好吃也说不上,就那么一筷子一筷子夹着,大圆桌——突然想到,孔子他老人家那时候,还是踞坐于地吃饭呢,绝对不会有这么多装腔作势的菜,可能只有几块方正的肉。八珍轮不到他。

父母虽爱做猪肉丸子烩白菜豆腐,也爱尝试做大餐。我们成长的年代比较困难,没有那么多材料,但是也有家庭体系的大餐。我记得有咕咾肉、白切鸡,最厉害的是放在一个英国买来的蓝花盘子里的各种香肠腊肉的拼盘,能堆砌到十多种,才称丰盛。最后是一餐餐往上端,好吃的都吃完了,冷切猪肝和卤肉就乏人问津。

对，还有红烧全鱼——按道理，鱼是不吃的，在当地的习惯都是如此。我去同学家，架不住同学父母的劝，夹了一块鱼，发现别人的脸色都不好看，夹了意味着下顿这条鱼就不方便上桌。我从小敏感，看到这种脸色，如坐针毡。

我父母一直在厨艺方面努力上进，可是这种追求似乎并没有多少成效。现在这种炸的菜少了，他们尽量在各种配菜上下功夫，炒个肚片配以黄瓜片和西红柿，为了色彩缤纷。我们小时候看的菜谱上常有色香味俱全的要求，不知道在他们的脑电波里怎么就翻译成了各种配料——这种菜真不好吃。我逐渐入侵他们的厨房，开始做自己想做的菜。因为各处跑得多，东学一招，西抄一招，很像武林里功夫不高但见多识广的高手，赵半山，武功杂乱，特能唬人。

很早的时候，我就会做鸳鸯蛋，一半肉馅一半鸡蛋，然后炸好做虎皮蛋，再在锅里红烧；还做上海风味的干烧鱼，用上好的鲳鱼轻炸，上面浇复杂的汁——混合着笋丁肉末西红柿酱辣椒酱的沙司；我还做鸡笃鲜，用鸡肉代替排骨，加火腿和上好的冬笋，慢慢笃一锅出来，一人一碗半的量，绝对不剩到下一顿，因为再

筍油

南方制鹹筍乾。其煮筍原汁。與醬油無異。蓋換筍不換汁。故色黑而潤。味鮮而厚。勝於醬油佳品也。山僧受用者多。民間鮮致。

掺水，就完全是另一道菜了。

换了工作后，不像以往那样各地出差，在北京待的时间多，所以总是聚会。在外面吃也就那么回事，加上家里酒多，就把请客吃饭都放在家里。蒸青城山采购回来的腊肉、香肠，等稍凉时切菲薄的片，加上朋友带来的腊猪鼻子，特别像小时候父母亲做的豪华拼盘；用北京菜场上粗糙的冬笋和自己采购来的诺邓火腿炖一锅汤，小火煨，像是从前阔人吃饭的感觉；还有醉蟹，朋友买的宁波的生醉蟹——最近熟醉蟹流行，据说是政府不发生醉蟹牌照，可是两者一对比，还是生的好吃，水晶冻儿一样的腿，外加腌成黑色的蟹黄，好吃到发晕，特别适合大口配塞尔维亚的白葡萄酒，两者演绎了一段跨国婚姻；炒青菜，大锅炒北方难见的紫菜苔；用糟卤糟活的海白虾，竭尽全力在北方过上海的日子，非常自欺欺人。

因为吃得太好，加上满桌子的酒瓶、鲜花、笑脸，总觉得是在提前过年。今年已经提前过了几个年了，到真的除夕，还真想不出做哪些菜。打电话给妈妈，她说她准备了二十个菜。好吧，这么隆重，我还是当我的伸手党吧，吃妈妈做的粗糙的肚片、过咸的鱼、一大盘华而不实的拼盘，北方人家的年，最后还有现包的热腾腾的饺子，一种丰裕充实的感动。

总有人问我会不会做菜。废话，做得一手好菜。可是你们都吃不到，这辈子也不做私厨——干嘛要花四小时熬一锅鲜笋火腿鸡汤给不相干的外人？这里面的心意，只有至爱亲朋可以尝到。

一个人食

越是大城市越能接受一个人孤独吃饭——香港大概是最明显的例证：窄小的空间，即使是正规的餐馆，稍转眼睛，也可以见周围人的低腰裤里露出的内衣边——穿着崭新的女办事员因为没成女结婚员，也就不吝惜在这里大卖送，可是神态间总有点沧桑。大家都是寂寞的，也就不怕寂寞以色相展露。

茶餐厅当然更是个人天地，抬头就是对方盘里酱色的豉汁，里面包裹着各种形式的肉类，不由分说让人想起"麦兜"系列影片里凄凉的饭单——不是"纸包鸡、鸡包纸"那个，是另外一个——"鱼丸没了，粗面没了"，简介了一切基本茶餐厅的饭式。

绿叶菜倒是不常见，大概贵的缘故，只有郊外生菜一味。刚去的时候，因为贪婪，常常叫"四宝饭"，其实不过就是各种脆的红的浓的肉和皮的组合，乳猪皮脆得像油纸，简直不是能吃的东西，因为慕着虚名，也就咽进去了，仿佛年轻时看的香港电影的若干片段，在体内坚硬地活了一次。

最好的一次经历是在晚上的荷李活道。因为想买古董唱机上的某个小零件，所以晚上晃了去，没想到那些虚亮的古董店全部关了门，只有灯光悠悠地照着那些橱窗里的小人：蓝花瓷的小人儿，各种造型的，最经典的大概是挥舞红宝书的，看着，只觉得现代人的荒凉的浅薄——没有一点儿反讽之意。

除了政治波普，再就是大量佛像，冷淡地、机械地，在冷光下对一切漠然置之——谁会把它们搬回家？也就是毛姆小说里那些在远东寻找机会的投机者吧。那时候才觉得想吃东西，借实体来温暖身心。没到荷南美食区，就近找了家面店，显然是家开了许久的小店，没有新开张的那种虚张声势。双拼也不到一般茶餐厅单浇的价格，就毫不犹豫地吃了猪手牛腩的双拼，端上来是满满一盘，连我这么贪馋的都吓住了。牛腩有种烂香，大块大块的，一点都不香港。红光满盘，好的食物，都是有光泽的。这可不是广告里那种浅薄、淡漠、无生气的光。

在广州的破旧老区里也能吃到这种牛腩面，不过必须得忍受不开冷气的待遇。老城区的街坊店，大概也不至于那么省电费，而是习惯了夏天敞开门面的纳凉方式。卖票女人削薄了发，有广东人深奥的眉眼，细看却是没有内容的。

里面的伙计全是当地人，跑来跑去地端面。上海也有这类半凋败的街坊店，全是中年人当道，做的是最一般的家常便饭，很难吃到好吃的，都是只可充饥的食物。这一点和广州香港等南方地带不同，不知为什么——上海人天性懒散？我这碗柱侯牛腩面的浇头盖满了面，灿烂的深红，没弄明白什么是柱侯，倒是下了决心，一定要去买些蚝豉去炖冬瓜汤。广东街市充满了这种无生命的干枯小物，在汤里悠然又活了一次。

一般的店是放两片生菜在面里，可是此小店随意，放了点空心菜，有种出其不意的清香。广州大概是大陆唯一有资格写"小吃札记"的城市，种类繁杂，人对食物有基本的尊敬之心，在西关那些蓝花玻璃窗下吃饭的老人，也有种对食物的赤诚热爱。

越往北方，越少一个人吃饭的地方，尤其是小城。一个人吃饭，唯一的选择就是在宾馆餐厅里打发，难吃而昂贵；要不就是在街上吃碗面条。一个人进大餐馆，简直就不被接受——大概还是传统农业社会尚未远去的缘故，陌生人在小城里注定不能进入主流社会，除非有当地人作陪，餐馆也是主流社会的表象。

有一次是在安徽寿县。那个小城的城墙十分完整，加了些红绿旗帜，说是当年穆桂英在此大战过，可惜是荒诞的传说。倒是失修的清真大寺可以一观，中式的屋顶，记载着中国回民的迁徙历史，一群老头在檐下安然地下象棋，象征不变的秩序。找了几家餐馆，都告诉我没座位，小城实在不能接受一个人进饭馆大吃大喝。

仔细想来，一个人在这种小城市进餐也确实奇异——要不是来出差的，有当地人作陪；要不是来走亲戚的，也会有人簇拥——没有我这样的孤零者，还这么馋。后来总算找了家不大不小的店，进门就是一个窄桌，腻嗒嗒的。不由分说地坐下来，在门口做菜的大个子不耐烦得很，这次的理由是没菜了。我把桌子一拍，说，我一个人叫的比他们几个人的都贵，为什么不给我做？叫了个土鸡汤，一半都没吃掉，小城也没有打包的习俗；另外叫的鳜鱼干脆就挑选了一条特别小的——开始我还觉得是歧视，不过马上也就安于这种歧视了。

坐下来后，他们态度顿时好了，大概也想明白了，反正是赚钱，半好奇半无聊地问我来自何方，双方你来我去，好像演了场《寻亲记》，最后还送了一碟凉拌杏仁。哪里像在大城市吃饭那么清淡无趣！不过在大城市吃饭，可以选择窗边位置，像马二先生一样，"他不看人，人亦不看他"；也可以像我这样，仔细打量别桌客人，或者干脆透过玻璃窗看路人，不时生出佛祖所警戒的淫心嗔心嫉妒心鄙夷心。

林檎平安

果香勝口中詞

跋　　怒目金刚的热吃冷说

王恺写吃的系列，发在微信公众号上。

有朋友说看不太进去，看完不馋。着实诧异了一下，为啥非得看馋不可，我恰好喜欢看这种边吃边有很多内心戏的文字。而这种性情文章想要好看，文字表述水准最好可达炫技级别，至于作者爱不爱炫，那又是另一回事：

"清真皇城坝"的一位女跑堂，有张生无可恋的脸。尽管事先已经预防了，知道这家美味老店的服务员态度不好，没想到这么厉害——倒也不是不好，就是特别，两手插在裤兜里，点菜的时候也不拿出来，因为烂熟于胸，你点什么，她都从鼻腔里发出哼声，也不写菜，很像在生气。

吃完了,连盘子都不收,据说是方便算账。结果女跑堂几乎不看盘子,冷淡地说,二百十。她的整个态度是如此冰冷,反倒引得我们一直窃笑,因为她给所有人点菜的身体语言太经典了——侧身站着,手插裤兜,斜视,上演现实中的"睥睨"。

看得大笑。

因而暗忖所谓刻薄,其实是形容得精确而不留情面,对文人来说,精确表达的愉悦感胜于情面,倒未必是恶意。

王恺多年任职杂志主笔,看他的职业文章,可以清楚地围观一位科班出身的好手,是如何一路赶赴现场,板眼清晰功架扎实地搭建出万字特写专题。

相对而言,他的私人文字任性而分花拂柳,有鲁智深倒拔垂杨柳的功底,擅使的却是密不容针一路。

王恺在微博上叫作"王恺同学",给人的印象,是个文艺怒汉,动辄金刚怒目,一言不合就和人掐架。

和他这路文章商榷起来会比较自找麻烦,你需要商榷的不是作者的观点，而是他的知识体系和认知储备——你不知道他后面还藏了多少牛毫针。

在他一篇说吃动物脑袋的文字里，猪头羊头牛头及舌，鸡鸭鹅头及舌，包括鲢鱼头，全捋一遍，顺带捎上羊眼珠羊眼圈和鱼泡。

由西北至江南，由《红楼梦》史湘云啃鸭头而至福柯评论《索多玛的一百二十天》细节中的中产阶级杀戮法则，西班牙米其林馆子的鸡冠配吞拿鱼，而至上海爷叔的灌黄汤：

> 羊眼珠子也大，不能看，只能囫囵吞枣。
> 事实上，动物的头都有这个问题，要是看着细吃，总会一阵阵畏缩。毕竟是存储灵魂的部位，哪怕芳魂散尽，吃起来还是有点胆寒。

然则这人还是吃下去了。
但不是边吃边啧巴嘴那种。没有饕餮相。
吃得热闹，说起来却是冷的，是谓热吃冷说。
文字后面还有种悍然，悍然行动悍然地吃，心则未必，底盘扎实。

为吃又不是纯为吃,不打算讨好你。

好像,也没怎么打算讨好自己。

边吃边为他自己那套智识和知识系统储备开疆拓土,融合细节,归纳整理入库。

像个玄幻小说里,练仙练级路上专注的人。

说到去扬州:

> 扬州属于凋敝的老城市,繁华过,所以现在更是冷凄凄。我是什么头也没吃到,因为稍大些的餐馆基本都拒绝给散客做这几道菜,小饭馆又实在做不了,索性去了澡堂子,把自己当猪泡。

正看他说得行云流水,他却忽然怨念了一下,观者哑然失笑,直是冷不防被娇嗔到的那种。

以前看俞平伯《清真词释》释《少年游》:"此词醒快,说之则陋。"里面有一段,每看都大乐:

> 单刀直入,简之喻也。百发百中,亦简之喻。有的焉,失如飞蝗,傍行斜出,虽有数中,不足为善射,而观场者昏昏欲睡矣。何则?多中捞摸,浑

水捉鱼故也。若矢之所向唯在于鹄，一发如破，三发以至百发如之，于是射者掷弓，观者叫绝，皆大欢喜。何则？眼目清凉也。

王恺的文字有这样的精准度，令人耳目清凉。他这系列的热吃冷说，同样读来醒快。

写至此处，好像我给自己刨了个坑。罢了。

以上。

黄爱东西

2016 年 12 月 27 日

图书在版编目（CIP）数据

浪食记 / 王恺著. -- 北京：北京大学出版社，2017.11
（雅趣文丛）
ISBN 978-7-301-28568-8

Ⅰ.①浪… Ⅱ.①王… Ⅲ.①随笔—作品集—中国—当代 Ⅳ.①I267.1

中国版本图书馆CIP数据核字（2017）第179183号

书　　　名	浪食记 LANG SHI JI
著作责任者	王恺 著
责 任 编 辑	张丽娉
特 约 编 辑	黄纯一
标 准 书 号	ISBN 978-7-301-28568-8
出 版 发 行	北京大学出版社
地　　　址	北京市海淀区成府路205号　100871
网　　　址	http://www.pup.cn 新浪微博：@北京大学出版社 @培文图书
电 子 信 箱	pkupw@qq.com
电　　　话	邮购部 62752015　发行部 62750672　编辑部 62750883
印 刷 者	北京方嘉彩色印刷有限责任公司
经 销 者	新华书店 787毫米×1092毫米　32开本　9.25印张　141千字 2017年11月第1版　2017年11月第3次印刷
定　　　价	49.00元

未经许可，不得以任何方式复制或抄袭本书之部分或全部内容。
版权所有，侵权必究
举报电话：010-62752024　电子信箱：fd@pup.pku.edu.cn
图书如有印装质量问题，请与出版部联系，电话：010-62756370